# Le Tu Manu ae Tu Logologo

# Autograph

_____

_____

_____

_____

# Le Tu Manu ae Tu Logologo

*Le Tu Manu . . .*

(In Samoan and English Languages)
Cultural Stories of Samoa - Juvenile Reading

Tusia
(Written by)

## Tauiliili Leiataua Taulapapa L. Pemerika
Saleaula Upolu ma Saleaula Savaii, Lepuia'i Manono,
Fogapoa Safotulafai ma Tafuna, Tutuila.

PO Box 424, Pago Pago, Amerika Samoa 96799
(Republished 2011)

*Arranged by Ruta Tauiliili-Mahuka*
*Illustrated by Regina Meredith*

authorHOUSE®

AuthorHouse™
1663 Liberty Drive
Bloomington, IN 47403
www.authorhouse.com
Phone: 1-800-839-8640

First published by AuthorHouse    07/25/2011

ISBN: 978-1-4634-2382-7 (sc)
ISBN: 978-1-4634-2381-0 (ebk)

Library of Congress Control Number: 2011910078

Printed in the United States of America

# O Le Faamoemoe Na Tusia Ai Le Tusi

O le naunautaiga na tusia ai le tusi ina ia maua ai e alo ma fanau ni tala faa-Samoa e faitau ai ma faafaigofie ona malamalama ai i uiga o upu o le gagana. O lo o iai foi ni isi tala o lo o a'oa'o ai uiga faanatura ma le olaga faa-Samoa sa soifua ai le atunuu, ma o ia mea o lo'o iai pea, a'ua le o taea i le mea o lo'o tutupu ai tupulaga ma fanau i nei ona po. E pei o tala i le fa'i ma le fuesaina, o le uga ma le atigi, o le maota ma le aoa.

O lo o iai foi i tala taitasi ni uiga loloto e aoaoa ai, ia le gata i le amio pulea, ae o le soifua faale agaga. Ua faigata lava lenei vaitaimi, ua tele mea faafiafia leaga ua ofi mai, a le gata i lea, o uiga taufaa sese o lo'o fai ma lu'i tau i ola o a tatou fanau.

E lē a'oa'ia e Laupu'ā Tamafaigā i le paia o le au faitau, ae maise o matua ma le vasega o faiaoga. Ae afai e i ai se aogā o lenei tusi, ia faatāua le famalamalama lelei i fanau uiga o upu, uiga o faamatalaga, fa'apea manatu. E lelei foi ona iai se taimi e tuu avanoa ai i fanau e fai ni o latou manatu ma ni a latou fesili i le uiga o tala, ma uiga o upu. E tatau foi i matua ma faiaoga ona malamalama i mea o lo o i lea tala ma lea tala, a o le i faitaua, ina ne'i e le mautali pe a fesili mai fanau ia te oe.

Ia manuia lava lau faitau i lenei tusi.

Tauili'ili Lei'ataua Pemerika

## TALA'AGA O LE TUSITALA

Sa fanau i Leloaloa, Amerika Samoa iona matua o Pemerika ma Malia. Na tupu a'e i Saleaula, Upolu i ona matua fai o Si'ilima ma Fusia. Aoga i le Siaosi Palauni i Faleula. Tauto ma tautua i le Fuava'a a Amerika mo le fa tausaga. Maua lona Bachelor of Science mai le Iuniversite o Hawaii, ma lona Master mai le Iuniversite of San Diego (SDSU). Galue o le Faatonusili o le Ofisa o Faatoaga o Amerika Samoa mo le 10 tausaga. Faatonusili o le Ofisa o Fanua ma Atina'e o le Kolisi Tuufaatasi a Amerika Samoa mo le 13 tausaga. Failauga o le Ekalesia Metotisi Samoa, o ia foi o se tasi o le Komiti Tumau o le Ekalesia mo le 30 tausaga. Malolo mai le galuega i le tausaga e 1994, ma o lo'o avea nei ma Ta'ita'ifono o le Komiti Faafoe o le Kolisi Tuufaatasi a Amerika Samoa. Umia suafa matai o Tauiliili, Leiataua ma Taulapapa. Faaipoipo ia Suvia Poloma ma e toafa le la fanau.

Soifua o le: Tusitala

# O le Faasino Tusi

# Upu Tomua ma le Faafetai

O lenei tusi ou te aualofa atu ai i lo'u atalii o Leilua Paulo Tauiliili, auā o ia na fa'ailoa mai ia te a'u le mo'omia o tusi faitau mo le fanau laiti i le gagana Samoa. O le igoa foi o le tusi: 'Lē Tu Manu ae Tu Logologo' na ma fetufa a'i ai, ma ua suia ai le alagaupu, "Ua Tu Manu ae lē Tu Logologo" e pei o le masani i nu'u ma afio'aga, i le "Lē Tu manu ae Tu Logologo" ona o lea ua taulogologo e ala i tusitusiga mo le au faitautusi o le atunu'u.

Ou te fa'afetai tele i le Tōfā Muli'aumaseali'i Aleni Ripine ole Kolisi Tuufaatasi o Amerika Samoa mo lana tautinoga ma ona lagona e uiga i lenei tusi ua tau'a o le: *"Ua Fafagu mai Mea Taua a Samoa".* E tuuina atu foi le faafetai ma le faamalo i le Afioga a Lemalu Tupuola Maiava S. Malifa o le Univesitē o Victoria i Ueligitone, Niusila. O lona sao i lana tautinoga ua ulutala*: "Talofa i le au Faitau".*

E momoli fo'i la'u faafetai tele i le Tōfā Seuamuli Mataio Fiamalua mo le fa'aleleia atili o lenei Tusi ina ia talafeagai ma le gagana o lo o a'oa'o ai le fanau a'oga. Ou te fa'afetai foi i le tama'ita'i o Tamari Mulitalo Cheung mo le fa'avasegaga o le tusi a o le'i lolomia. Ou te fa'afetai foi mo isi fesoasoani na maua mai le Tōfā Aumua Mata'itusi Simanu o le Univesite O Hawaii. Faafetai tele io outou sao taua, ae maise o le faaloto tele mai ua vave ai ona taunuu o le faamoemoe.

Ou te faafetai tele fo'i i le Tama'itai Peresitene o le Kolisi Tuufaatasi o Amerika Samoa, le afioga Dr. Adele S. Galea'i i le tele o auala na fesoasoani mai ai a'o taumafai lenei faamoemoe. Ou te faafetai fo'i i le Tamaita'i faiaoga o le Kolisi, Mrs. Regina A. Meredith mo lona sao taua i le tusia o ata o loo fesoasoani i le faalauteleina o tala taitasi. E faapea fo'i la'u faafetai i le afafine o Ruta Tauiliili Mahuka mo le tusia o nisi ata, atoa ma le tuufaatsia o le tusi atoa. E toatele foi ni isi sa fesoasoani i le fa'asa'osa'oga o ni isi vaega e pei o pese ma ta'aaloga sa masani ai fanau i aso ua mavae. A fai ua lē ta'ua lou suafa ona ua pa'ū ia te a'u, e silafia e le Silisili'Ese lo'u talia ma le agagā fa'afetai o lau fesoasoani.
*Faafetai tele.*

# *Talofa le au faitau,*

Olea ou lē tailia tulafanā i ou pa'ia sausaugatā i le papa le gaee o Aiga, e faapea foi le vala le se'e o e oi Faleupolu. Ee maia i lagitau, ae ou nofo i fala agafua, se'i fai sa ta upu aga'i i le 'au ole faamoemoe.

O le Gagana, o le tofi mai le Atua, le Atua o le Lokou, o le Upu na liutino tagata, o le Upu o le Gagana.

Faafetai i le alii tusitala ua fai sona sao i le faaolaolaina ma le faatumauina o la ta gagana, o lo ta tofi mai le Atua. Faafetai i le toe faalatalataina atu o tupulaga i tala sa fafagaina ai mafaufauga o aso ua mavae.

E tele ni feau taua ma ni lu'i oloo aumaia e nei tala mo i tatou ma ua moni le igoa Le Tu Manu ae Tu Logologo.

E ui lava ina ese le mauoa male susua o lātā gagana, ae oloo mativa pea ma vaivai lona atiina'e i le tusitusia auā se faalumaga lelei mo le lumana'i o tupulaga lalovaoa. A manatu i le tagimaiala a nisi o atunuu ua mou ma leiloa lo latou tofi, ona lagona ai lava lea o le agaga faafetai ma le faamalo i lenei tusitala ma lona sao tāua, e faaopoopoina ai le galuega ua leva ona amata e nisi, ae mana'omia lava le saga faateleina.

Tauiliili, e leai sa'u upu e faia i sou agava'a ma sou tomai, auā fai mai le upu faasamoa, "E le tau sulaina le toga e manaia".

Ua e alofaiva auā o oe ole Matuaofaiva, e iai lou Faletufuga i Samoa, malo le galue. O lea ua ma'ea le galuega ma ua tū le failā. O upu e masani ai aso faapenei ma taimi faapenei; "Ua faautu le fao ma ua ola foi le Meafaifaiva". Ua maua le viiga ole Atua i sau tautua ia Samoa. Malo le galue Faafetai le faatoeaina.

Samoa e, alo ane laia se'i e afifiina le faatautaiga a le nei toeaina.

Faia ma lo'u migao tele.

*Lemalu Tupuola Maiava S Malifa*

2

# "Ua fafagu mai mea taua a Samoa"

Ua leva ona atamamai alo o Samoa i tala faafagogo a Arapi (Sinapati le Seila), Peretania (Cinderela), ma tala a Samoa ia "Ae ma laumei" ma isi.
Ae le'i iai lava se tusi e faa'upu mai i se gagana manino ma le faigofie, ia fagogo faa-moe-moe tagata ma taaloga a tamaiti Samoa sa fai i aso ua mavae.

Ou te manatua aso o o'u la'itiiti. Sa fai vave o matou moega i le afiafi, tape le moli, ae amata ona faa-aue mai o tagata i le fia faalogo i se fagogo. E uma atu le fagogo a le tasi ae fai le fagogo a le isi. Ma sa fai, fai fagogo ai pea se'ia le toe iai se "aue" e lagona atu. O lona uiga, ua momoe uma le aiga. O fagogo la, sa pei o se vai e faamomoe ai se aiga. Ma talu ai ona o se mea sa fai fai pea i po uma, sa i'u ai ina toe fai, ma toe fai, se fagogo e tasi, aemaise lava pe afai o se fagogo malie ma sa to'atele e na faa-aue iai. E pei o fagogo sa TV i ai aiga o Samoa i aso ua mavae.

Ua faagaeetia ai lo'u agaga ina ua ou faitau i le tusi, "Le Tu Manu ae Tu Manu Logologo", a Tau'iliili Le'iataua Taulapapa Pemerika. Ua faamatala mai ai ni fagogo pupuu ma taaloga pese sa masani ai tagata o lo tatou atunuu i aso ua mavae. Ua le gata ina vili mai ai se ata e faatepa ai i tatou i naunauta'iga o soifuaga o o tatou tua'a i itu tau faafiafiaga faaaiga, ae ua faa'upu mai i le gagana tu'usa'o ma le le matemate e faigofie ai i soo se tasi, e oo lava i fanau iti, ona malamalama ai. Ma o ia fo'i tala' e pei o ni faata'oto isi; e iai o latou uiga loloto. Ae pe le o le sini ea lena o faamoemoega o so'o se tusi—auā e leai se aogā e tusia ai ae le malamalama ai, pe aoga, i le aufaitau.

Ou te talitonu e aogā tele lenei tusi mo le fanau laiti; ma ou te fautuaina ai fo'i lona faaaogaina i a'oga maulalo (elementary schools). Ae matuā aogā fo'i i vasega o tusitusiga loloto faa-le-mafaufau "Samoan Literature" i Kolisi. Ae o se tusi fo'i e lelei ona faitau iai soo se tasi e maua mai ai a'oa'oga lelei e fafau ai o tatou olaga,

E ave ai le faafetai ma le faamalo i le Afioga ia Tau'ili'ili ona o lona tinoū e faamanatu mai measina ma aganuu ua galo lemū atu a le atunuu.

*Muli'aumasealii Aleni Ripine*

# VAEGA MUAMUA

## *O Taaaloga ma Aga Sa Masani ai Tamaiti Samoa*

**Tulituli i, tulituli ī, sogi lou isu e namu i.**
(E u'u e le isi le lima tusi o le isi o loo faalala i luga. E tata le lima tusi oloo faalala i luga, a uma le vaega muamua o le pese, ona sogi lea i le lima tusi ma nana i tua, a uma loa tagata uma, ona mili lea o ulu ma faapea ulu sina ulu sina.)

**Isumu isumu e, aumai lou nifo leaga, leaga lava lena ma a'u ae avatu lo'u nifo auro auro lava lea ma 'oe.**
(O le valaau lea sa masani ona valaau ai tamaiti, pe afai ua paū se nifo. E tu i fafo le tamaitiiti ma valaau aga'i i isumu o loo nonofo i luga o lau o fale Samoa. A uma loa ona valaau ona togi loa lea o le nifo i luga o lau o le fale, ona faatalitali loa lea i le tali mai o isumu pe afai e toe tupu le nifo fou. O le faatusa lea i aga a atunuu i fafo le tuu o le nifo ua paū i lalo o le aluga ae sau le 'tooth ferry' e avatu, ae tuu ai le tupe)

**Nonu a togi a togi ē, e a togi e, nonu a togi a togi ē, e a togi e. E te galigali ofe ofeofe, e te lulu ete moa, lou sope sopē, o lau kariota e, o lau kariota e.**
(O le taaaloga e fai i le po masina, e togi mai nonu ale isi au, ma taumafai le isi au e su'e pe fia ni a latou nonu e maua, o le 'au e maua uma nonu na togi mai e le isi 'au o le au malo lena. E muamua ona vala'au le 'au lea o le a togi nonu: Nonu a togi, tali le isi 'au: togi, toe vala'au: luga pe lalo: tali fo'i lea pe luga pe lalo)

4

To soa i oa, to soa i oa, to soa i oa, e te galigali ofe ofeofe e te lulu ete
moa lou sope sope, o lau kariota e, o lau kariota e.
(O le pese e usu, a'o alo foe ose vaa, e faasolosolo ina vave ma vave ai foi le aloina o foe)

Tolo tolo uga, tolo tolo uga, ma te a 'ea pe uga mea, na o au ma si au uō ma te tafafao i
le va ō, mate o.
(E faaaoga se ie afu, ona tatai atu lea ese toalua ae tolotolo atu ai le tagata i tua, e ta'u o le
uga. E taumafai la le isi au e mate poo ai lea e tolotolo atu i tua. E taumafai le isi 'au e fesili
mai i le uga poo ai ia.)

Po po mano'o, popo mano'o, falo le taliga, popo mano'o popo mano'o
falō le taliga, mumu falō, mumu falō.
(E faa fao uma lima i le mea e tasi, ona usu lea o le pese ma faasolo mai lima
pito i luga ona u'u lea o le taliga o le isi tagata, afai e uma lima, ona falō lea o taliga, poo ai
le taliga e vave ona tiga).

Pipi ne, pipi ne tau ale, tito tito manu pe, ete manu ete tagi, e tapili tauvale tapili tauvale.
(E usu e le tagata e toatasi le pese ma tusi lona lima faasolosolo i tagata o loo nonofo
faalapotopoto. O le tagata e i'u le pese o tusi i ai le lima o ia lena ua pe. E usu lava le pese
seia uma tagata, ae o le tagata e totoe o ia lena ua malo, ma o ia lena o le ausuina le pese. E
pei ole taaloga faapapalagi o le 'Music chair'). (O isi afio'aga e talitonu: O le taaloga e fai pe
a taeele i le sami. E tauivi lima tamatama o tamaiti, a vaivai le lima o le isi, ona lolomi lea i
lalo i le sami ae sola le tagata malo i uta. E fai pe a faa'iu taelega ma taaloga i le sami e pei o
le tapalega ma tu'u a'au, ma le manavanava loloa).

Velo le tiapula a velo ē, a velo le tiapula a velo ē, velo le tiapula a velo ē. (E lua laina e
faafesaga'i ma u'u lima, ae velo mai se tamaitiiti mamā i luga o lima, ma velo aga'i i luma.
E faasolosolo aga'i i luma ia tagata u'u lima ina ia 'aua ne'i paū le tiapula)

Leni leni saleni, leni saleni ū mai fala, oke nia oke ne, lau kalapu kalapu he.
(E alu le foleni i lalo o lima o tagata e toalua, o le tagata e uma le pese o i lalo o lima faaloloa
o le toalua o ia lena ua pe. O le tagata ua pe e fesili se isi o le to'alua po'o le 'au a ai e fia i ai.
A tali mai o Sione ona alu lea fusi le puimana o Sione. E faasolosolo lava se'i uma tagata i le
laina. Ona falō lea poo ai e malepelepe muamua o latou lima, o le 'au lena ua faiaina).

Manuki lua, manuki lua manuki paluku, umi lou si'usi'u sinā lou ulu, pu'upu'u lou
gutu tusitusi lou isu.
(E usu, ma toe usu aga'i ina vave, e tauva poo ai e vave lana usu e aunoa ma le sese-pe sasi.
E ta paluku pe a uma le pese: o paluku e fai i le itu o le launiu, e fafao le pito lautele i le gutu
i le va o nifo ma le laugutu, ona u'u faatasi lea o le isi pito ma tuaniu e lua pe tolu. A uma le
pese ona tata lea o pito o tuaniu, ae gaoioi laugutu e fai ai leo eseese.)

5

**Sina! 'Oe, Sina! 'Oe. Na ou sau nei fai ma a Sina e avatu ose moa e fai ai le eleiga. A mea fo'i o lo matou va'a na sau mai Papa e lele i moa. Faapepe 'e, 'e, faapepe 'a, 'a, toe fa'apepe 'a, 'ia i 'a.**

(E faafesaga'i laina e lua o loo u'u puimanava, ona vala'au lea o le isi laina, ae tali le isi laina. O le faapepe'a, o le taumafai lea o le isi laina e pu'e tagata (poo moa) lae ei tua. Ae taumafai fo'i le tagata lea ei luma (poo Sina) e puipui ana moa ne'i ave e fai ai le eleiga).

**Taga ti'a: E usu le pese a'o sauni le taaaloga: Vilivili toga vilivili toga Sau le aitu ma lana amoga ta le ti'a e lele i Toga. Sau la'u ti'a e, sau la'u ti'a e, e iloga le ti'a e malie na o le fifimalie.**

(E u i lalo mata o ti'a ma vilivili ma usu le pese. O isi e feanu i le palapala ma vilivili a latou ti'a faapea e maua ai le malie o le ti'a. O isi e ta fua a'o isi e nonoa le fau i le ogamanava ae taataa'i le pito i le lima tusi ona ta lea i se mea mapu'epu'e e ta'u o le pāaga).

# VAEGA E LUA

## *O Pese sa Masani ai Tamaiti Samoa*

**O le lima tama lea, o le lima tu'u mama lelei nauā, o le loaloa vale, o le tusi tagata, o le sali niu mata, o le tua o le pa'a, tanoa fai'ava, o le aluga o le tama, o le foeuli o le va'a.**
(O le famatalaga o vaega o le lima (hand) ma o latou aoga).

**Ua alu atu le afi, ua alu atu le afi ē.**
(O le pese e usu ele aufaipese, pe a manana'o e lafo i le isi itu e faafiafia)

**Valu valu au penu, tu tu au moa, valaau le save'u ai ua le iloa, pese ma le fiafia pese ma faafetai, pese ma le loto ia leotele ai.**
(O le pese e faatatau lava i le tagata valu penu ma tutu ana moa)

**Ou te sau mai gauta o tautau atu pe'a e fa, o le pe'a a lo'u tamā, ma le pe'a a lo'u tinā, ae tuu nisi pe'a e faalava ai le na pi ā, 'ia i 'a.**
(O le pese e usu e tamaiti i le taimi ao tu'itu'i aao o tagata matutua, a uma ona i 'a lea poo ai e vave lana tu'i, a'o ai foi e umi ona tu'i ae le sela)

**Lue lue pepe i tumutumu o la'au, a agi le matagi e lue atu ma toe sau, a gau le lala ma paū le moegā, malie 'oe pepe lau faaluega.**
(O le pese e faamoemoe ai ia pepe).

Ta la'u kitara, e leomalie lava, faapepe pepe solo lupe o le foaga. Savalivali mai ia, laumata fiafia, teine o le vanu e, lue lue malie: Pese ma le fiafia, pese ma faafetai pesē ma le loto ia leotele ai.

(O le isi pese faamoemoe tamaiti'iti).

**O le pese fou: Tusia e le Tusitala mo le Fale'ula o Fatua'iupu:**

1. Samoa e, lo'u atunuu, lau gagana o le a mamulu. Lou tofi na tuugutu mai, lau gagana ete mimita ai. Aoao le tama ma le teine ia poto, leo o upu nei goto, ia le o tamiu ae o le taamu.
2. Fiafia loa e a'oa'o le gagana. E iloa ai o'e e tagata. Ne'i mao faapea ua lelei tatou. Ae mulimuli ane ua e ma ma punou.
3. Tama a tagata e fafaga i upu ma tala. A'o manu o fugala'au mātala. Matua e, toe fuata'i le taeao. O fanau lou sei mo aso o sau.
4. Tula'i mai loa o'e le Samoa moni. Mo lau gagana sau ma'a ia togi. Esau aso e te 'ata'ata ai. Ē pati ma po ma faafetai.
5. Ē tupulaga e, o teine ma tama. Igoa o Samoa ua nanamu ma sasala. Ua sasala i le lalolagi atoa. Lau gagana lou sei ne'i le iloa.

# VAEGA E TOLU

*O tala sa faamatala faa fagogo e lē na tausia 'au a o 'ou itiiti, le tuafafine matua o lo'u tamā o Si'ilima Fusia. O ni isi o tala, o mafaufauga lava o le Tusitala, ma isi tala sa ou faalogo ai i ni isi. O loo tusia lava suafa oi latou na faamatalā ia tala.*

## O le Tala i se Tamai Manu o le Segasegāmau'u

Toeitiiti lava a maua e le pusi le tama'i sega, ae lele loa i lona apaau e tasi. O le isi apaau ua nao le tautau aua ua gau. Sa matamata i ai se teine itiiti o Susi, ma ua oso lona alofa i le sega ina ua oso atu le pusi ma tau pu'e. "Ou te manao i le manu lena, lo'u tamā e, ou te manao i le segasega mau'u." A o le manu ua lele, ma ua maualuga lava lana lele.

Ua le uma le tagi a Susi: "Ou te mana'o i le sega, ou te mana'o i le sega." Ua uma faanānā a le tamā, ua lē mafai lava le tagi o Susi.

Ona alu lea o le tamā ua aumai le tamai moa pe uma ai le tagi a lona afafine, peitai e mana'o lava Susi i le sega. "Ou te mana'o i le sega, ou te mana'o i le manu ua gau le apaau."

E le'i umi lava ae vaaia loa e Susi le sega ua toe lele mai ma tu i le laau lava lea na tau pu'e ai e le pusi. Ua vave lava ona nā o Susi, ae matamata i le mānaia o foliga o le sega.

Ua tamo'e mai nei le tamā sa i tuafale, po o le a le mea ua uma ai le tagi o Susi. E le i iloa e Susi le sau a lona tamā, ae na o le matamata lava i le sega.

Ina ua toe amata ona viga o Susi i lona mana'o i le segasegāmau'u, sa ofo atu loa e lona tama o le a ia fausia se fale mo le sega ma tuu i ai ni mea ai ina ia lata mai ai le manu ma nofo ai.

E le i atoa se tolu ni itula ae uma loa le fale mo le sega. Matua'i manaia tele le fale, talosia ia lata mai ai le sega ma nofo ai. O le tala lea a Susi ma lana faafetai atu i lona tamā mo le fale manaia ua saunia mo lana manu.

Ua amata ona sau ole sega ma tofo mea ai ma toe lele. Ua matau pea e Susi le sau o le sega ai ma toe lele, ona amata loa lea ona usu le pese a Susi agai i le sega, ma faalatalata i le fale o le sega ma lona mana'o ia mafai ona maua se la mafutaga ma le sega. Sa le pine ae tu loa le sega ua le gaoioi pei e mana'o ia Susi e tago ia te ia. Sa amata loa ona oloolo malie e Susi le tua o le sega i nai ona tamatama'i lima laiti ma usu lava lana pese lea na usu a o tau faalata le manu.

Sa mātau e le tamā ma le maofa ma le fiafia tele i faiga a lona afafine i le sega. "Ua tatau ona i ai se igoa o le sega," o fa lea a le tamā. "Oi! ua leva ona i ai le igoa o la'u manu, o Sauialaupele."

Matua'i manaia tele le igoa o lau manu. A o le sega ua na o le lele mai i le fale, ai sina mea ai ma toe lele ese, auā ua amata ona malosi le apaau sa gau.

A o Susi ua le mavae ai lona matamata pea ma usu ana pese i lana uo, sa gau le apaau ae o lea ua malosi ma manuia.

O le faamoemoe o le tusitala ia aoga lenei tala e aoao ai alo ma fanau, ina ia latou maua le loto alofa i meaola o lo o afaina o latou tino, ae maise foi o le utiuti o mea 'ai ma fua o laau i taimi o afā.

O se aoaoga:

1. O se mea manaia ma le tatau ona famasani fanau e alolofa i meaola ua afaina o latou tino.
2. O se mea lelei fo'i ona fafaga ma tausi meaola i taimi o afā.

# E Togi le Moa ae U'u le 'Afa

O le alagaupu faa Samoa lenei e faatatau i le taaaloga e fai i le vao matua. O le taaaloga e fai e tama tane.

E mua'i filifili se tama'i toa e tiotio, manaia lona tino, ma ia le lapo'a tele.

Ia faalata le tama'i toa ina ia mafai ona vivini ao u'u ile lima.

Afai loa ua lapo'a le toa ma ua lata lelei, ma masani ona vivini i le lima o le faatau moa, ona filifili lelei lea o se 'afa e nonoa ai le moa. O se 'afa malosi ae tuaiti.

Ia nonoa vae e lua taitasi i lalo ifo o tala o le toa. Ona ta'i lea o pito 'afa i tua ma nonoa faatasi ma le 'afa umi. O le 'afa umi e fuafua i le mana'o o le faatau moa, ae 'aua ne'i sili atu ma le tolusefulu futu.

Ona alu loa lea o le faatau moa ma lana toa o loo uu i ona lima ma vivini fano i le togavao. E lelei ona i ai se isi la te toalua, ae leaga le toatele nauā, auā e pisa ma sosola ai moa aivao.

Afai o se togavao o loo tele ai moa aivao, o le a le pine ae tali mai i le vivini a le moa fanua.

A faalogo atu loa ua lata mai le toa aivao, ona tuu loa lea i lalo o le toa fanua, ae lafi i se laau ina ia 'aua nei iloa mai e le toa aivao. E lafi le tagata faatau moa ma uu le pito o le 'afa umi. O le mafua'aga lea o le alagaupu: E togi le moa ae u'u le 'afa.

O le a le pine ae faalogo ina loa moa ua tau. A vaai atu loa ua lavelavea le toa aivao i le 'afa, ona taalise loa lea ma pu'e le toa aivao, ma 'ae 'ae lea manu ua ulu, poo lea moa ua maua.

Ose aoaoga:

1. E faaaoga ele tagata se isi mea e maua mai ai se isi mea aoga.
2. Vaai 'oe ne'i e fia tau ia satani ae te'i ua pu'e vaelua ai oe.

# O le Tala i le Alii Milionea ma lana Taifau

Sa malaga le mauoa mai Amerika ma lana luko (maile) e tuli manu i se mea o Aferika. O le faamoemoe o le alii milionea na te fia maua ni leona e pu'e ola mai mo lana mata'aga (zoo) i Amerika. O le ta'ifau a le milionea e le i tuli manu muamua. E fa'i la o le le'i tuli manu muamua o le ta'ifau, ae 'ese foi le atunuu ua o nei e tutuli ai.

Na oo atu loa le milionea i le Safari o Aferika, tatala loa i fafo lana luko, ma faaoso loa e alu e tuli leona.

Na ona tatala atu lava o le luko alu loa i le atoa. E le gata i le saoasaoa o le luko, ae o lana ou ua fefefe ai le tele o manu i le safari. E momo'e lava la le luko ma sosogi lona isu i le auala, e pei o le masani a manu tutuli. Ua telegese le alii milionea ae ua saoasaoa tele le luko. Na muamua lava tau atu le luko i le ala o le manuki.

Ua tātā solo le si'usi'u o le luko ma mulimuli loa i le ala o le manuki. Ua fiafia nei le luko o le a maua nei se manu ma lona matai.

E le i mamao atu le sosogi a le luko i le ala o le manuki, ae tau atu i le ala faatoa tea atu ai le urosa. Ua mimita foi le luko ma ua tuu le ala o le manuki ae ua tamo'e ma le atoa i le ala o le urosa.

Ua mamao lava le alu o le luko i le ala o le urosa, ae tau atu i le ala sa savalivali atu ai le aiga leona, o le leona po'a ma le leona fafine ma le la fanau e to'alua.

Ua tuu foi la e le luko le ala o le urosa, ae mulimuli i le ala o leona. Ua sili nei le fiafia o le luko o le a maua nei ni manu se tele mo lona matai. Ua iloa i le manogi o le auala e le tasi ae tele ni manu o lo o muamua atu i ona luma.

Ua latalata atu lava le luko i le mea ua oo iai savalivaliga a leona, ae tau atu foi le luko i le auala o mo'emo'e atu ai le lapiti. E fou lava tulaga vae o le lapiti, ma ua oso le fia 'ai lapiti o le luko. Ona tuu foi lea e le luko le ala o leona ae mulimuli i le ala o le lapiti.

Ua fiu le milionea e tauvala'au i lana luko, ae ua mamao lava le mea o lo o lagona ai le ou a le luko. Ana le tau atu lava le luko i le pu tele o lo o maulu iai le lapiti, e le nofo ma ou ma tata lona si'u si'u, ae o le fāua ia ua tafe lau sosoo. E tau atu la le alii milionea, talofa i le mamao o le mea na o mai ai ma lana luko, ae na o o le pu o le lapiti ua maua e lana ta'ifau sa faamoemoe i ai.

Ua toe foi mai nei le alii milionea i Amerika, ae ua faatau lana luko i le isi alii tuli manu.

O se aoaoga.

1.  Sa tatau ona aoao muamua le ta'ifau i le faiva o le tuli manu, ao lei malaga i Aferika.
2.  Sa tatau foi ona faamasani le luko i manu o leona.
3.  Ia fai muamua tapenaga a o le i faataunuua se faamoemoe.

# O le Fagogo ia Tafitofau ma Ogafau

(Faamatala e Siilima Fusia)

O Tafitofau ma Ogafau sa iai le la tama teine o Maluapapa. Na ō le ulugali'i e galulue i le la faataoaga, ae nofo na'o Maluapapa e leo atu i lo latou fale.

O le faatonuga a le ulugalii i le teine, ia tatuu uma pola o le fale, aua ne'i teua pe salu le fale, ia auina atu le tatou Lulu fanafao, pe a fai e o mai nisi ona ma iloa ai lea ua malotia fanua.

'Io! ua lelei ou matua o le a fai uma lava le lua faatonuga.

E le'i mamao atu le ulugali'i, ae amata loa ona alu le teine ua tasisi uma pola o le fale, tago i le salu ua salu ai totonu o le fale. E le'i umi se taimi, ae tutu mai loa aitu e toalua ua faafoliga mai o ni tamaloloa.

Ua na o'oe ae o fea ou matua?

Oi! o lae toe itiiti foi mai, ua leva ona o e galulue. E fai atu lava le tala a le teine ma tete o lona leo, ma ua iloa ai e aitu e pepelo le teine, e le'i leva ona ō o ona matua.

Ua fetagofi loa aitu ua pu'e le teine ma saisai, ua leai foi se avanoa e tatala ai le Lulu ona ua vave ona pu'e Maluapapa e aitu.

O le a tagi le Fagogo:
Tafitofau ma Ogafau galulue le mafaufau, aue ita ua pagatia, talu le poloaiga ua ou lē tausia.

E ō mai le ulugalii i le fale ua toeitiiti po. Ua la iloa mamao mai le fale ua tasisi uma pola ma ua masalo ua i ai se mea ua tupu ia Maluapapa.

E taunuu mai le ulugalii ua leai Maluapapa, ae o le lulu ua le nofo lelei i totonu o lona pusa.

Ua na o le feosofa'i solo o Tafitofau e su'e se mea e iloa ai le itu o loo sosola ai aitu ma le teine.

Ua vave lava ona manatua e Tafitofau le lulu, na ona tatala lava o le lulu lele loa e tuliloa le mea o atu ai ia aitu ma le teine.

E lele atu le lulu i luga ae tamo'e atu ai ma Tafitofau, ao Ogafau ia ua le mapu le tagi auē, i le alofa i lana tama.

E taunuu atu le lulu ua momoe aitu, ae o Maluapapa na o le maligi o loimata ae leai se leo i le fefe ne'i 'ai o ia e aitu.

Alu atu loa le lulu ua le tatalaina le teine, ae faasaga atu 'ai mata o aitu, ao lae lava e momoe.

E taunuu atu Tafitofau, ua tautagotago solo aitu, ua leai ni mata i faiga a le lulu. O le mea lea ua o'omo ai mata o lulu ona o le mea na fai i mata o aitu.

Alu atu loa Tafitofau u'u le isi aitu, ae sasa ai le isi aitu.

Ona toe foi mai lea o Tafitofau ma Maluapapa, ae ua lele sa'oloto le lulu, ma ona mata ua o'omo.

Ua fiafia le ulugalii ua toe maua mai Maluapapa, ma ua le toe tuua na'o le teine i le fale, ae ua ō e galulue ma ave le teine latou te ō.

Ose aoaoga:

1. E lelei lava le usitai i matua
2. A'ua le tuulafoai i fanau, ne'i salamo ane ae ua leai se aogā
3. 'Aua le tuufau fanau e fai o latou loto

# O le Tala ia Sina Mata'ai

(O le tala faa Fagogo na faamatala e Siilima Fusia)

Sina mata'ai ala ma ia ua pe le tai, Sina mata'omo, ala ma ia ua tolo le alogo, Sina mataivi ala ma ia ua tolo le alili. O le vala'au lea a Siaulaiga le tama teine a Sina le aitu fagota. E vaai atu loa le teine lenei o Siaulaiga ua pe le tai, tauvalaau loa ia Sina.

Ona alu loa lea o Sina ua tu i le apitagalu, ae togi le isi mata i le isi itu, ae togi le isi mata i le isi itu, ae moe i le mea e gata ai le sami.

A o'o loa ina fana'e mai le tai ma ua o'o mai loa le sami i vae o Sina ona ala loa lea ma vala'au. Lo'u mata e, i sasa'ē lele mai lele mai, ona lele mai lea o le mata ma le tui i'a fa'a palasi ae sau pipi'i. Lo'u mata e, i sisifō fai mai fai mai, ona lele mai fo'i lea o le isi mata ma le tui i'a ua fa'apalasi, ae sau pipi'i. Ona tago lea o Sina i tui i'a a ona mata, ma alu fiafia ia Siaulaiga, o si ana tama teine ma'i.

Sa mātau e le isi aitu fafine le amio a Sina. Ona sau loa lea a o moe Sina i le apitagalu ina ua faatoā uma ona togi o o na mata, ona vala'au foi lea o ia e pei ona vala'au Sina. Lo'u mata e, i sasa'ē lele mai lele mai. Ona lele mai lea o le mata o Sina fa'apaū le tui i'a, ae tago le aitu pu'e le mata, ona toe vala'au fo'i lea, lo'u mata e, i sisfō lele mai lele mai. Ona lele mai foi lea o le isi mata fa'apaū le tui i'a ae tago le aitu pu'e le mata o Sina ma afifī, ma tago i tui ia ua 'ata 'e'ē ma alu i lona fale.

Ua fana'e mai nei le tai ua lofia ai vae o Sina ona ala mai ai lea o Sina ua fai foi lana vala'au e masani ai. Talofa ia Sina ua fiu i tauvala'au ae ua le ōe mai ona mata. Ona savali tau tagotago ai lava lea i uta. Ua fiu le tama a Sina e fa'atali mai lona tinā, ae ua le alu atu. Ona sau ai lea o le su'ega o Sina maua mai o tau tagotago solo i le matafaga.

O le a tagi le fagogo:
Ona tagi ai lea o le teine o Siaulaiga. "Au ē Sina e, na e alu e fagota ona o lo'u mana'o i se ota, ae o lenei ua leai ai ni ou fofoga! Ilamutu e, se i fa'alogo mai, po o ai lenei ua pogai ai, se i aumai le ulu, se i fa'afai'ai."

16

E le'i umi ae felelei mai isi ilamutu ma sa'esa'e mai le aitu fafine faitogafiti leaga, ma mū ai loa ma le foaga, ae ua toe maua mata o Sina mata'ai, ma fai pea lona faiva pe'a pē 'ele'ele le tai.

O se aoaoga:

1. O le togafiti e manuia pu'upu'u ma leaga lona taunuuga.
2. Aua le mo'o mo'o i mea a isi tagata.
3. E leai se mea lelei e maua ma le filemu.

# O le Tala i le Tarako ma le Purinisese

(Faamatala faa Fagogo e Siilima Fusia)

Ou te le iloa pe na faapefea ona iloa e Siilima ia tala i ni Tarako, aua e le'i i ai ni tusi faitau sa faamatala ai tala i manu feai e pei o le tarako. Peitai o le isi lenei tala na faamatala faafagogo e lou tina a o o'u laititi lava. Atonu e i ai ni nai vaega o le tala e le o atoatoa ona ou tusia, ae o le tele o le tala, ou te manatu ua atoatoa e pei ona ou manatua.

O le tala e faapea:
E toalua le auso, ua feoti uma o la matua. Ona fai atu lea o le tama matua i le tama laititi. Sau ia ina ta o e saili so ta lumanai, ua feoti uma o ta matua a o lenei ua na o taua. Ona malilie uma lea o tama ua alu le la malaga.

Ua mamao lava le la savaliga ma ua le lava va, ua pogisa foi le togavao ma ua feseai foi i le auala. Ona la momoe ai lea i le vao matua. E feala a'e i le taeao ma ua la iloa ai o lo o momoe tonu lava i le mea e magalua ai le ala. Ona toe fai foi lea o le la tonu.

Fai atu le tama matua, sau o le a tofu taua ma le ala o auala nei ta te o ai. E tofu tama ma le pelu iila lava (sword) na fai mea alofa ai lo la tamā i lona taimi mulimuli ma tuu mai ai i lana fanau ana famanuiaga.

Vaai oe, o le fai atu lea a le tama matua. O lea e tofu taua ma le pelu, afai e te iloa ua elea lau pelu ona e iloa lea ua tupu se faalavelave ia te au. Ona e sau lea e sue mai au, ae faapea foi 'au ia te oe. Ona malilie loa lea o tama ua tofu la'ua ma le ala.

18

Alu alu lea o le tama laititi tau atu i se teine sili ona lalelei i lana vaai, ma o lo o tagi. O le a le mea e te tagi ai? O le fesili lea a le tama. Tali le teine ma le masusu o lona leo, e tau le pupula lelei ona mata i le fulafula i le tagi. O fea e te sau ai? ae ete le iloa le mea o lo o tupu? O si tali atu lē leo tele lea a le teine. O le a le mea o lo o tupu? Tali lea o le teine: Vaai atu i le ana lea, o le ana o le Tarako ulu iva. Ua oo le faasologa i lo matou aiga mo se tagata e fai ai le mea ai a le Tarako. O le tali lea a le teine ma le masusu pea o lona leo. E sili ona e alu i lau malaga ina nei afaina fua oe i le manu feai.

Sau o le a e alu e te faatali mai i lalo o le laau le la, ae tuu mai si alii feai ia te au. Ona alu loa lea o le tamaitai, ua fiafia lona loto o lea ua sao, ae faanoanoa foi ona o le alofa i lenei alii agalelei ma le loto tele.

E le i umi ae faalogoina loa le taalili mai ma le galulu o le eleele mai totonu o le ana. Ua sauni le tama ma lana pelu o le a tau ai ma le manu feai. Na ona aliali mai lava o le ulu muamua o le manu vaai mai e le o se teine, auā na o tamaitai lava e fai ai le taulaga i le manu.
"A o fea le taupou, a o ai oe? O le fesili lea a le Tarako.

"Sau o le a tā tau, ua tele lou faasauā i lenei aai, ae o le asō o le a maua ai lou iuga," o le tali lea a le tama.
"Oi! e fai atu, a e fia ulavale mai, ia faatali mai lou oti."

Na ona oso mai lava o le ulu muamua tago le tama tipi motu. O ulu vaivai ia e muamua faasolo mai. Osofa'i mai lona lua ma faapena ona tipi motu e le tama. E oo atu i le ulu lona iva ua vaivai foi ma le tama ae toe foi o le ulu autu lea o le Tarako. Oso mai le Tarako ae sasau atu le sogi a le tama e le lavea. Ua atili ai le feai o le manu, ae o le teine lenei ua na o le 'u'u o le gutu ma mo'i'ini, ma le tafe ifo o loimata. Fai o le alofa i le tama ae o lona fefe auā po o le a le mea e oo i le tama, o lona uiga o ia o le ā 'ai e le manu feai.

Toe oso mai loa le manu sasau le tā a le tama ua lē ila le manu, ae lavea loa si tama i le 'apa tā mai o le si'usi'u umi o le manu, ma lavea ai si tama ua pogisa ona mata. Ona ū faatautau ai lea e le Tarako le tama ma ave i le ana.

O le a Tagi le Fagogo:
Talofa e, i si alii loto tele ma le lē fefe. Ua ofo e ia lona ola e sui a'i lenei tagata 'ese. Ae o lona suafa foi se'i o'u fesili atu i ai. Talofa ailoga a toe foi mai.

E tilotilo ifo le tama matua i lana pelu ua matua elea lava, ona liliu ai lea ma foi i le ala na alu ai lona uso laititi.Ua mautinoa e ia ua uma le ola o lona uso, ae tau ia o lona tino na te fia maua. O le tele o taimi e momoe ma tau valaau i le igoa o lona uso. "Aitasi, Aitasi e, o fea ea oe." E faalogo mai le teine o tauvalaau le tagata, ona tali mai lea; "o 'i 'inei, sau 'i 'inei!!"

E vaai mai le teine, o le tama lava lea na tau ma le Tarako. Ua na o le 'u'u o le gutu o le teine, pē na faapefea ona toe ola mai o le tama mai le gutu o le Tarako? "Na e vaai i lo'u uso?" Na iloa ai i 'ina e le teine, e le o le tama lea na tau ma le manu feai.

Na oso atu loa ma le teine faamatala i le tama le mea ua tupu i lona uso. Oso atu loa ma le tama o le a alu i le ana e su'e mai lona uso, ae sau loa ma le Tarako e tau malua mai lana sau i le vaivai, ona o le lā taua ma Aitasi. "Oi ua e toe ola mai, a o ai lea na ou titinā analeila?" "O fea o i ai lo'u uso, ta'u mai a o le'i oo se mea leaga ia te oe?" Ua vaai mai le tarako i le pelu a le tama e pei lava o le pelu a le alii lea na la tau, ae ua elea. Oso mai loa le manu o le a faaumatia le tama, ae sasau atu le tā a le tama toeitiiti lava motulua ai le ulu o le Tarako. Toe oso atu loa le tama ma vavae ese le ulu o le manu feai.

Ua mate le manu sa faalafuā i le malo o le teine, e le'i toe faatali le tama ae alu loa su'e mai lona uso i le ana. Ua vaivai lava Aitasi toe toe inā oti, ae na iu lava ina toe maua lona malosi. O le taimi foi lea na toe fo'i ai le iila i le pelu a le tama matua.

Sa iloa mulimuli e tama i le faailoa atu e le teine o ia o le afafine o le tupu o le malo. Sa te'i le tupu ma le malo ua oo atu lona alo ma le 'au uso. Ona 'iu ai lea o le filifiliga a le tupu, o le a faaipoipo lona afafine ma le tama matua o Faataga lona igoa. Ua avea ai Faataga e sui tulaga i le tupu pe 'ā 'iu lona soifua, ae avea Aitasi ma alii sili i le malo. Ona nonofo ai lava lea o nei tama ua maua lo la lumanai na ō e sāili.

Ose aoaoga:

1. E maua le manumalo i le loto tele ma le alofa.
2. A saili ma le faamaoni e maua le taui.
3. Ia alofa i soo tagata o mana'omia se fesoasoani.

# Vaai le Manuki Lena e i Lou Tua

Sa iai se ta'ifau tino 'ese lava sa tafatafao i laufanua e tele ai manu feai. Ua te'i lava le ta'ifau ua lata atu le urosa i le mea sa i ai. Ua fememea'i nei le taifau pe o le a se mea o le a na fai e sao ai mai le manu sauā o le urosa.

E te'i lava le ta'ifau ua na vaaia ni ponaivi fou lava o se manu sa totoe i se aiga a se isi foi manu. Ua lata mai nei le urosa ma ua na iloa mai foi le ta'ifau ae ua leva foi ona iloa mamao atu e le ta'ifau le sau a le urosa. Ua fiafia le loto o le urosa o le a maua nei sana mea 'ai, ua leva le aso o fealua'i ae le 'i maua lava sana manu e tuli ma 'ai.

Ua latalata mai lava le urosa ae amata loa ona gali e le ta'ifau ponaivi ia na na maua. E sauni loa le osofaiga a le urosa, ae faapea loa le tala a le ta'ifau: "Se maumau pe ana toe maua mai se isi urosa se i faalava ai la'u aiga ua ou fia 'ai tele."

Na ona faalogo mai lava o le urosa toe vave loa ona solovi atu i lana oso na sauni ma ui 'ese ae ua le osofa'ia le ta'ifau.

E le i mamao atu ona te'a o le urosa, ae vaai atu le ta'ifau ua fotua'i mai le taika. Ona nofonofo foi lea o le ta'ifau ma sauni lana togafiti pe sao ai o ia mai le sauā o lenei manu feai o le taika.

Na ona oo mai lava foi o le taika, ae faalogo mai o gali ponaivi e le ta'ifau ma faapea lana tala, "se ua matuai aano lelei tele lea taika, ae maumau pe ana toe maua mai se isi taika se i ou faamāona ai."

Ua lagona mai e le taika le tala a le ta'ifau, ona toe solovi lemu ifo lea o lana oso sa sauni, ae moumou mālie atu ne'i iloa o ia e le ta'ifau.

E le i mamao ona te'a atu o le taika, ae sau le leona fafine e su'e atu se mea 'ai ma ia ma lana toloa'i. E to'alua lana toloa'i ma o lo o faamuli mai ma le tamā o le 'āiga. Ona o le amio a leona e alu le tinā e tutuli, ae faamuli le tamā e leoleo lelei le toloai.

Ua iloa mamao mai foi e le ta'ifau le leona o lo o alu atu sa'o lava i le mea lea o lo o nofonofo ai ma ana ponaivi. E le o masalomia e le ta'ifau o le manogi o ponaivi fou laia o lo o nofonofo ai lea o lo o sosogi atu ai nei manu feai.

Ua latalata atu foi le leona ma ua iloa atu nei e le leona le ta'ifau. Ua tafe ifo le fāua o le leona i le fia' ai, ona amata loa lea ona totolo lemu le leona i lona fatafata, ma mata'i le mea o lo o taoto ai le ta'ifau.

E sauni loa le leona e osofaia le taifau, ae faalogoina loa foi le pa'agugu o ponaivi a le ta'ifau ma faapea:" Se ua ta fia 'ai lava i se isi leona peti faapea, ae maise se leona fafine fa'ato'ā uma ona fanau. Na ona faalogo mai lava o le leona tuu loa lona fia ai ta'ifau ae sola vave 'ese nei iloa o ia e le ta'ifau.

E fai anoanoga a manu feai nei ma le ta'ifau, ae o lo o mātau mai e le manuki mai luga o le laau o lo o lafi ai.

O le a ou alu nei e ta'u le amio valea a le ta'ifau i le leona.
E te'i lava le Leona, ua selasela atu le manuki. "Sole o le a le mea ua e sau ai?"
Se ua uma alii le tou vasega o manu feai ona faavalea e le ta'ifau. "Oi! e te iloa ea le mea valea a le ta'ifau lea na fai ia te oe?"

"O ā mea valea?
"Se, e le i 'aina lava e le ta'ifau se leona, o ponaivi o le tia na ai e le isi foi leona lea na pa'agugu atu e le taifau."

Ae o le a faavalea atu lava 'oe ma e faavalevalea ai lava.

"O le a le faavalea? Fai lelei ea au tala, o le mea o lea e fia ai, ne'i te'i ua lē ta'ifau, ae manuki e fai la'u mea 'ai."

"Vaai oe, na o mai le urosa ma le taika o fai i ai le togafiti a le ta'ifau, ma o ese ai lava pei ona fai atu ia te oe. Ae malie foi oe le tupu o manu pe a ua sese atu se upu."

"O fea la o i ai lena ta'ifau?" o le fesili lea a le leona.

Oi a toe fesili foi o lea na e sau nei lava i le mea o lo o taotooto ai le ta'ifau. Sau e oso mai i lou tua, ae o le a vaai lava i ai le ta'ifau lena i le mea o lea oo ia te ia.

Ua uma foi ona iloa lelei e le ta'ifau le mea ua fai e le manuki, ma e vaai atu le ta'ifau ua sau le leona ae tietie mai ai le manuki, i le papatua o le leona.

Na latalata mai loa le leona ma le manuki, toe paagugu loa foi ponaivi a le ta'ifau ma faapea: "Se matua'i leva foi on tuli atu le manuki e su'e mai se leona se'i faalava ai lau mea ai."

Na faalogo mai loa le leona i le tala a le ta'ifau, liliu atu loa toso faatātā mai i lalo le manuki ma fasi ma 'ai, ae laga mai loa foi le leona po'a ma le fanau e to'alua ma fai le latou aiga fiafia ia manuki.

Ma ua taunuu le tala: Vaai le Manuaki lena e i lou tua.

O se aoaoga:

1. Vaai lelei pe leai se tiapolo o fafa i lou papatua.
2. Aua e te seetia i upu ma togafiti tau faasēsē.
3. Tu'u le faitatala ne'i 'iu mai ia te 'oe le leaga.

# Toe Faafoi o le Povi ua Manogi

Sa fai se faalavelave o se aiga, o le saofa'i i le motu o Manono. Ua oo nei i le aso o le saofa'i, ma ua gasolo atu aiga mai itu eseese o le atunuu ua malaga atu i vaa afi e pei ona i ai lenei vaitaimi. Ua le gata i tagata e ō i le saofa'i, ae ua ave atu faatasi ai ma oloa eseese mo le faalavelave. O ni isi o nei oloa o povi fasi na avatu i se mea o Faleata. O le tele o povi e lelei ae i ai lava le povi e tasi ua matua'i manogi lava. E ui ina ua oo i le aso o le saofa'i, ae ua manatu se tasi o tamā matua e tatau ona faafo'i lenei manu, ina ia faasao le seleni na faatau mai ai.

Sa ofo atu lenei lava tamā matua, o ia o le a alu e toe faafo'i le povi. E alu lava le vaa i uta ma tau fufui vaega o le manu i le sami, ae ua leai lava se foi i se lelei.

Ua taunuu nei le vaa i uta ma le povi manogi, ma sa vave ona maua le pasi e aga'i i Apia. Ua faaee le povi i tua o le keli o le pasi, ae o le pasese ua matuā tumu lava.

E le i lagona e le pasese se manogi i le taimi na faaee ai le povi, ma le tamā matua ua alu nei nofo i luma e lata i le ave pasi. Ae na oo loa ina ua tu le pasi, ua taufai u'u isu o le pasese i le manogi ua mapuna atu mai i tua o le pasi. Ua tau fetilotilo fa'i solo le pasese po o ai e mafua ai lenei faalavelave. Ae o le tamā matua e ana le povi ua u'u foi lona isu i le solosolo ma tusi i isi tagata o le pasese, pei e faapea o latou ua mafua ai.

Sei iloga lava e alu le pasi faatoā nofo lelei le pasese, ae tu loa le pasi ona tau fai u'u foi lea o isu ma tilotilo le isi i le isi. Sa faapea i le uluai tu o le pasi sei oo i lona tolu o le tu a le pasi. Ae ua taufai feosofi le pasese i lalo ua latou le mafafai ona onosa'ia le manogi ua fetaia'i ma latou.

A o le i oo i se mea po o Leauvaa, ua gaogao le pasi ua totoe nei na o le ave pasi ma le tamā matua ma lana povi manogi. Ua tilotilo atu nei le ave pasi i le tamā matua ona taufai taliē lea ma fai le tala a le isi i le isi. Masalo o ta'ua o ni tagata totoa tele ma le lavatia le manogi o lau povi? o le tala lea ale avepasi i le tamā matua. Fai mai le tamā ou te faamalie atu i lau susuga ona ua o ese uma lau pasese ona o 'au ma la'u povi.

Ou te manatu e masani lelei le tamā ma le avepasi, pe ona o le alofa o le avepasi i lenei tamā matua, ae ua alu lava e ave, pe faafoi lenei povi manogi i le mea na aumai ai.

Sa taunuu le pasi i se nuu po o Malie, ona alu lea o le avepasi ua faatau mai le fagu faamanogi ma ua fana ai le povi ma lana pasi. Sa feololo ai le manogi. Ona alu loa lea o le pasi taunuu i le faatoaga na aumai ai le povi, ma ua toe faafoi le povi ae toe aumai le tau o le povi.

Masalo o le tupe lena sa tau faasikuea ai le totogi o le pasi, i le manogi, ma le tupe o pasese ua le maua, ma le pasese o le tamā ma lana povi. O le tala a le tamā lea, na o lona pasese ma le pasese o le povi na totogi, ae le i taliaina e le ave pasi se isi totogi faasili.

Ose aoaoga:

1. E tatau lava i fale fasi povi ona lē faataua ni povi ua leaga i le atunuu.
2. O le loto tele o le tamā matua ona ua alu e toe faafoi ona o le manumanu i tupe a lona aiga ne'i le talitonu le fai lafu manu mulimuli ane.
3. O le alofa o le ave pasi i lenei tamā matua, ma ua oo lava ina o ese o lana pasese, ae ua na le tuliesea le tamā ma lana povi.

# Se Mea e Leaga o le Lē Lava o le Nanu

(Tala na faamatala e Rev. Oianatai Matale)

Sa i ai se ulagalii ma le la tama teine ma o se teine poto tele, ae o si ulagalii e le'i lelei ni aoaoga sa ā'o'oga ai i laua. E le lelei la le Igilisi a le ulugalii, vagana le tina na te tau iloa nai nanu e pei o le 'in' ma le 'out'.

Ua valaau mai nei le aoga a le teine i matua e tala aao atu mo talanoaga ma faiaoga ma tuuina mai ai lipoti o le fanau.

Ona alu loa lea o le tinā, ae faamuli atu le tamā. Ua uma le talanoaga ma faiaoga ma tau'a'ao loa lipoti o lana tama teine.

Ua faitau nei le tinā i le lipoti o le teine, na o le 'outstanding' lava. O le math e outstanding, o le English e outstanding, o le science e outstanding, e outstanding lava mataupu uma.

Ua sau nei le tinā ma le faanoanoa tele i le lipoti o lana tama. Ua fiu si toeaina e fai atu i le tinā mo se tala i le aoga a le teine, ae ua mata faanoanoa lava le tinā.

Ua nofo nei i lalo le tinā ma valaau loa le la tama teine e sau i ō la luma, ma ua leva foi ona sauni le tina ma le sasa o le salu tuaniu.

Ua fofola nei le pepa o le lipoti, ma amata ona faitau, ma faapea atu le tinā. "Ua le faia sē e 'oe se feau a lo tatou aiga, ae tuu atu 'oe mo le aoga, ae se 'i vaai i lou lipoti"

O le math e outstanding, e tūtū i fafo, igilisi e tūtū i fafo, o le science e tūtū i fafo. O le lau lava o lea tūtū i fafo ma alu foi ma le salu tuaniu i le tino o si teine. E uma ane tūtū i fafo ua mūmū lima ma le tino o si teine i faiga a le loomiti.

Ose aoaoga:

1. Leaga tele le mea o le le lava o le nanu.
2. Taumafai e malamalama muamua i uiga ose mea, ae 'aua le vave ona ita.

# O le Manuki i le Pa'u Leona

(O le tala na ou faalogo o faamatala e le faifeau Metotisi
o Faatauvaa Tapuai ma toe teuteu e le Tusitala)

Ua leva ona fia liu leona le manuki, ina ia ona mafai ona faafefe i manu o le vao ma avea ai oia e fai ma tupu o manu. E masani ona 'ae le manuki i laau ma matamata i amio a leona, atoa ma le 'e 'ē a leona. Sa vaavaai i le tolotolo a leona pe a faalatalata i manu e tuli e 'ai. E oo foi i le savali fa'amāliuliu a leona ua faata'ita'i uma e le manuki. Ua maua uma e le manuki amio a leona ae pagā o lo o tumau pea o na foliga;
'O Foliga lava o le Manuki'.

Na pau lava le mea o totoe o se pa'u leona e ofu ai. E alu atu la le manuki i lalo o le isi laau telē lava, o taatia mai se leona toeaina lava ua le mafai ona savali, ae na o le ta'oto'oto lava.

Sa 'ae loa le manuki i le laau ma se maa('alā) telē lava, ma faapau ifo le maa i le ulu o le leona. E tepa ae le leona i le maa ma vave lava ona 'alo ma lē maua ai o ia i le togafiti leaga a le manuki.

Ona valaau atu lea o le leona i le manuki, "o oe lava lena sa sili ona e pala'a'ai pe 'ā ou savali atu, ae o lea ua e fia faauma ia te au ina ua ou toeaina.

Ae sau ua ou iloa lelei lava le mea lena e te mana'o i ai.
"E faapefea ona e iloa?" o le fesili lea a le manuki.

"A foi ou te alu atu soo lava o e faataitai mai la'u 'e 'ē, ma la'u miau ma la'u savali, e le sa'o au?"
"E moni lava oe le tupu o manu"

"Vaai oe, ua ou matua, ua ou lē lavā fai le galuega, ae sau e ave atu le pa'u lea, o le pa'u o le isi leona na ma tau ona o le sailiga lava o le tofi o le tupu o manu. Sa ou le mana'o e faauma si alii, ae sa sesē lana gaoioiga ma ua paū ai i le vanu maulalo lava, ma mate ai. Sau e faamaulu le pa'u lea ia te oe pe fetaui."

27

O le manuki e fai lava si o na lapo'a i lo le tele o manuki, ma sa fetaui lelei ai le pa'u leona.

"Ia vaai la ia, e faapena uma lava si alii leona lea na ma tau. Sei fata'ita'i lau 'e 'ee. Toe 'e 'ee, ma fata'ita'i mai ia te au". E ui lava ina vaivai le leona matua, ae ua onosa'i lava e aoao i le manuki mea uma e tusa o amioga faaleona.

Ona tuua lea e le leona manuki le leona matua, ae alu ma 'e 'ee fano i le toafa, ma savali e pei uma lava o le savali a le leona matua. Na ona tau atu lava o leona manuki i isi lafu manu ma e tau gū atu i ai, ae laga manu i le vaai ma le fefefe i le savalivali atu a leona manuki.

Sa oo ina fetaui leona manuki ma le isi leona matua ua tai tutusa lelei le lapopo'a ma leona manuki. Sa 'e 'ee le leona moni, ae 'e 'ee atu foi leona manuki, sa gū le leona moi, ae gū atu foi leona manuki ma e leai lava se eseesega, ae o le savali ia ma aga a le manuki ua pei lava o le leona mo'i. Ua tau fai valalata nei leona maoi ma leona manuki ma ua sauni o le a tau.

O le masani a leona ae maise o leona poa, e saga solo i vaovao maualuluga e faailoa ai lo latou faatama tane. Ona faatu lea i luga o le vae taumatau o le leona mo'i ma saga. Ina ua uma, sa e'eli o ona mati'uti'u vae i le eleele ma salu agai i tua ae alu i luga le pefu. Ona pau lea o le amio a leona ua galo i le leona matua ona a'oa'o i le manuki. Ua fai soo lava e le leona mo'i le saga solo, ae ua le iloa nei e le manuki po o le a lana mea o le a fai.

Sa iu lava ina fata'ita'i e le manuki le saga faaleona, ma o 'i 'inā, na iloa ai e le leona moi ia vae, e lē ni vae o se leona, ae o vae o le manuki. Na oso mai loa le leona e 'ai le manuki ae alu i le atoa le manuki. Na ona maua atu lava e le leona o le tua o le manuki ae fofo'e mai na o le pa'u leona sa ofu ai le manuki. Ae pau le mea na i le vaai a le manuki o le laau tele sa latalata ane i le mea na fai ai le la misa ma le leona. E matala ese atu le pa'u leona mai mati'u'u o le leona, ae ua toeitiiti taunuu le manuki i le laau. E toe tamo'e atu le leona ae ua atigū mai ma faaeto mai le laulau o le manuki i le leona i luga o le laau. Ona tūtū lava lea o le leona ma gū agai i le manuki, ae ua atili ai le taufaalili o le manuki.

Ua le lavā ma onosa'i le leona e faatali le sau i lalo o le manuki, ona savalivali lava lea o le leona e su'e se leona mo'i la te tau. Ae o le manuki ua tata vale le fatu ma faalau sosoo le manava. Toeitiiti lava a'u a' uma faafuasei talu lou fia pule i manu o le vao. Ona gata ai lava lea o le fia liu leona o le manuki.

O se aoaoga:

1. Aua le fia pei o se isi tagata, ae ia pei lava oe ia ta oe.
2. Ia fiafia ma faafetai i meaalofa ma taleni uma ua foai atu e le Atua ia te oe.
3. E le manumalo pea togafiti.
4. Tuu le fia pule, po o le fia fao pule.
5. Aua le losilosi i mea a isi.

# O le Tala i le Sue ma lana Faapusa

O le pese sa masani ona usu pe afai e faafesaga'i o ni aufaipese, po o ni po 'ula foi. O le pese la lenei e usu e le isi aufaipese pe a uma se pese po o se faafiafiaga a le isi aufaipese. Ma e faapea la upu o le pese: "Usu pō o le sue e tutu lana faapusa, ua otegia le 'ama 'ama ua susū aulama, ua susū aulama".

O le sue o le i'a lea e 'au'au solo lava i le aloalo lata i uta. E le o se i'a e tupu lapo'a, ae pei lava e faavalevalea, ma si ana aau lemu. O le i'a lenei a fana e se isi i le mata tao ae lavea, ona fefete lea pei se paluni. E malō ma fefeu le pa'u, ma e sae e tagata fagota le pa'u ma e manogi i le taumafa pe a afifi i se lauti ma tunu i se afi ma lala.

O le 'ama'ama o le paa lea e nofo i vaipapa, ae maise papa e lofia i galu o le sami. A fai e pe le tai, ona vaaia lea o le tele o paa nei i luga o le papa, ae vave tele le sosola e lalafi i o latou vaipapa pe a vaaia se tagata.

O aulama, o launiu ia ua mamago lelei ma mumu gofie. O aulama e faaaoga e tutu ai afi a Samoa auā e mumu gofie, e pei o nusipepa lea ua faaaogā tele i o na po nei.

O le Tala e faapea:
O le sue e masani lava ona usu po e fai lana suavai, po o le faapusa, ae maise o le aso Sa. E le tau faatali lava le sue i isi tagata, ae usu lava ia i le umu.

Talofa e, i si alii o sue, i lona naunau atu e fai lana faapusa ae paga, o le po sa timuga ma ua galo i le 'ama'ama ona ave aulama i totonu o le umu ae ua faataatitia lava i fafo ma susū ai.

Ua to'atama'i tele si alii o sue, ma ua amata ona fefete i le ita tele. Ua amata ona featofa'i solo e le sue ia maa o le umu, ua uma maa i fafo, ae amata foi ona tago atu i fafie ua taufetuli foi i fafo.

E fetaui lava le alu atu o le isi poga fafie ae toe itiiti lava 'ama 'ama, a faaumatia e le oga fafie, ae ua na o lona vae matua ua gau ina ua tau ai le pito o le fafie. E le ma iloa pe na iloa e le sue le sau a le tama'i 'ama'ama, ae ua fetaui le mea ua tupu ma le toatama'i o sue.

Ua faataiō nei le 'ama'ama ma 'u'u lona vae ma alu i le atoa ia mama 'ama'ama. E te'i valevale mai si tinā o le 'ama'ama i le vaipapa po o le a le mea ua tupu. Ua atili ai le faataiō o le tama'i 'ama'ama, ma faalālā i luga lona vae matua ua gau.

E le'i tau fesili mama po o le a, ae po o ai foi, ae alu i le atoa aga'i i le tunoa, ma sake sakē e aga'i ia sue. O le taimi lena ua sau atoa le piapia i le gutu o le mama 'ama'ama i le tele o lona ita i le sue.

E tiga le faalogo mai o le sue i le sake sakē atu o le loomatua 'ama'ama, ae fetui lava maa o lana faapusa ua uma ona tutu i aulama mai le tunoa o le faifeau.

E mou ane le ote a le loomiti 'ama'ama, ae tu atu loa le sue ma tali atu ia mama. "Se o le mea lena e atili leaga ai tamaiti, o le leo faa- matanana lena. Vaai ua leva ona tuli mai o lau tama e ululu le ogaumu, ma tātā ia lava fafie ma tae mai ni aulama. Ae vaai i aulama lea ua susu uma i le faatimu i fafo."

"O le a faatoa uma ona tutu le umu i aulama mai le tunoa o le faifeau, ua toeiiti ta le lotu, ma faapulou uma suavai a le nuu ae o lea faatoa pusa tetele le tatou umu. Tuli le tama lena e tae mai ni lau'ulu e taufi ai le umu."

"Alu oe e sue mai ni tau o le umu, o le tama la e tau faapipii le vae matua ua gau lele talu lou sauā."

Ua pulou le suavai a le sue, ma lalaga ato e fu'e ai le suavai a le faifeau, ma fu'e ai le toona'i a le matai ona sauni loa lea i le lotu.

Manaia le lauga a le faifeau o Tautu, ma o lana mataupu ia outou fealofani. Aua le so'ona fefete o outou loto ma o outou tino i le ita. Vaai faa lelei ē laiti ma ē vaivai ia alolofa i ai.
Ua tuua nei le lotu ma ua taufai lagona e le sue, faapea foi mama 'ama'ama le taua o le upu fealofani. Ona taufai faamalie lea e le isi le isi ma to ē, ma fai le latou toona'i o le aso Sapati.

O se aoaoga:

1.  Aua le vave le ita, ma soona lima tete i nai ou tei laiti.
2.  Ia faalogo i le faatonuga ma fai.
3.  E manaia tele le fefaamagalo ai.

# O Moemoe ma Lana Pusi Mataivi

O Samoa sa nonofo i fale Samoa e pei o afolau ma fale tele. E iai talitali i afolau po o le fata e faae'e ai taaiga fala ma so o se isi lava mea e ono faaee i luga o le talitali. O talitali e fausia i le itu i tua o le fale.

O fale tele e fa ona poutu, e lua i luma lua i tua, e fau talitali i le itu i tua e pei o afolau. Ae a fai o le fale tele e tasi pe lua pou i le ogatotonu, o 'i'ina foi e i ai laau teuteu e faalalava i itu e lua o pou po o le pou, ma o le talitali lena o le fale. O le Tala e faapea:

Sa i ai le pusi toloai a le aiga o Moemoe. O le pusi sa toloai i tua o le pusa i le mea na moe ai le matuamoa a le aiga. Ua alu atu nei le tina o Moemoe e aumai se fuamoa o le matuamoa e tunu ma si ana tama ma'i.

Ua ita le pusi toloa'i i le so'ona save'u fua e le 'olomatua le moega o lana toloa'i. Ona alu loa lea o le pusi ua la'u lana toloa'i ma ave i le talitali o le fale afolau o le aiga. Ua tuu tonu e le pusi lana toloa'i i luga o le faaputugā laulau 'ai a le aiga. A la'u toloa'i.a pusi e ū i le ua ma la'u taitasi.

E valavala lā'au o le fola o le talitali, ma o tamai pusi e le'i pupula lelei o latou mata. Ua so'ona fetolofi nei tama'i pusi ma ua pa'ū ifo ai le isi tama'i pusi, ua gau ai lona vae toe 'ivi ai ma lona mata.

'Ua tau atu i ai le teineitiiti o Moemoe, ma ua oso lona alofa i le tama'i pusi. Ona ave lea e Moemoe le tama'i pusi ua tausi faalelei.

Ua alu Moemoe ma tagi i lona tama na te fofōina le vae gau o lana pusi.

O le tamā o Moemoe e fofō gau, ae na te le'i fofoina se vae o se pusi.

Ua taumafai pea le tamā o Moemoe e fofō le vae o le pusi ona o le tagitagi atu o lona afafine.

Ua manuia le vae o le pusi, ae na o lona mata ua ivi pea.

Ua lata lelei le pusi i le teine o Moemoe, ua so o se mea e alu i ai Moemoe e mulimuli atu i ai lana pusi.

Ua amata ona faaigoa e tagata ae maise tamaiti, o Moemoe ma lana pusi mata'ivi.

E le i kea i ai Moemoe i le taufaifai o tamaiti, ae ua atili ai lona alofa i lana fagafao matatasi.

A alu Moemoe i le aoga a le nuu, e mulimuli atu ai lana pusi. A oo foi i le aoga a le faifeau po o le lotu, e le mafai lava ona lē mulimuli atu ai lana pusi.

Sa taumafai le faiaoga faapea foi le faifeau e faasā le pusi a Moemoe i le aoga. Peitai ua vaaia le alofa tele o Moemoe i lana pusi ona la faatagā ai lea o le pusi a Moemoe i le fale aoga faapea foi le falesa.

Ua ese foi aga a le pusi foi ia. A fai e pepese le aoga, ua pese ai foi ma le pusi, ma ua faapena foi ma totonu i le lotu.

Ua oso foi le alolofa o tagata ia Moemoe ma lana fagafao. Ua amata foi ona le toe tau faifai tamaiti ia Moemoe ma lana pusi mataivi.

O se A'oa'oga:

1. Ia alolofa i meaola, ae maise o meaola mama'i.
2. Ia fai se togafiti e toe ola ma malosi ai meaola ua afaina.
3. Lisi upu fou ma faamatala o latou uiga.
4. Faamatala aga ma amio a pusi.
5. faataitai le tagi a le pusi.

# O le Sesē o le Faalogo

(O le tala sa faamatala e le faifeau o Seloti Luamata Moli Ivala,
ma sa toe teuteu e le tusitala)

O le ulugalii ma si a la tama teine o Susi lona igoa. O Susi o se teine lelei ma le usita'i i ona matua. Ua 'iu lelei aoga a si teine, ona manatu lea o le ulagalii e lelei ona alu Susi i Niusila i le uso o le toeaina e saili ai se manuia mo le aiga.

Ua fai fesootaiga ma le uso o le tamā, ma e ui ina faigata ia Susi ona motusia o le mafutaga ma nai ona matua, ae ua usiusita'i lava i le mea ua loto i ai mātua. Ua totogi le pasese o le teine, ma ua alu loa Susi i le Polenisia. Sa taunuu lelei le malaga ma feiloai fiafia ma le aiga o le uso o si toeaina.

Ua lelei mea uma i le nofo ai a Susi i Niusila, ma e le mapu pea le tusi tusi mai o Susi i ona matua ma faamatala uma mai mea uma i lana nofo ai i Niusila. Ua oo nei ina faigaluega si teine e saili ai se tupe e fesoasoani ai i ona matua i Samoa.

E le i leva ona faigaluega o Susi, ae fai loa lana uō o le tama Samoa lava i le fale o lo o faigaluega ai. Ua manaia le mafutaga a le tama ma Susi, ma ua mananao nei i la 'ua o le a la faaipoipo.

Ona tusi mai lea o Susi i ona matua ma ta'u mai iai lo la faamoemoe ma lana uō. Ua fiafia tele le tamā ma le tinā i lenei tala mai ia Susi, ma ua tusi atu i ai le ulugalii ua la talia lelei le faamoemoe o Susi ma si ana uō.

Ua lata le aso o le faaipoipoga ma ua tusi mai Susi ma lafo mai le pasese o ona matua e o atu ai i le faaipoipoga. Paga! ua tele le fia ō o le ulugalii i le aso fiafia o si la tama teine lava e toatasi, ae ua vavao e le fomai ona o le tamā e gasegase.

Ona fai atu lea o le tamā i lona toalua, alu e ave se feau faaualesi, e faamanuia ai i le aso o Susi ma faamatala i ai ua ta le ō atu, ona o le vavao a le fomai o Toma. A fai e uma ona fai upu o alofaaga ma faamanuia, ona tusi ai lea o le tusi sii mai le Tusi Paia o le 1Ioane 4: 18.

33

Ona tali io lava lea o le 'olomatua ma alu fiafia e ave le feau i lana tama. Ua avea le mimita o le tina ona o lana tama o le a faaipoipo, ua talanoa ai lava i tagata masani uma latou te fetaui ma ta'u i ai le faaipoipoga a lana tama. A o le i fesili mai lana faifeau po o fea e alu i ai, ae oso atu lana tala, se vaeane lau susuga a le faafeagaiga, ou te alu atu e ave le feau faamanuia ia Susi i lana faaipoipoga. Ona tuu fesili mai lava lea o le faafeagaiga, pe o le a le faamoemoe pe malaga se isi. Ua avea le umi o le ili a le 'olomiti i tagata ma le faafeagaiga ua galo ai le tusi sii na ta'u atu e le tamā e faaiu ai le feau faamanuia.

Ua taunuu atu nei i le fale ualesi, ma ua tuu mai nei e le teine faigaluega le pepa e tusi ai upu o le ualesi. Ua tago mimita atu le 'olomatua i le pepa: 'Se i aumai lava ma sau peni". Ua leo tele lava le tina ina ia iloa mai e tagata o lo o tumutumu i le fale, e ave nai a latou feau i fanau i atunuu mamao.

E ataata lava le tinā ma tusi le feau, ma o upu nei ua tusi e le tina: I le tama faapelepeleina i o ma loto ma agaga o Susiatapele. Ia malie lou loto ua vavao tamā e le alii fomai, o le a leai ai se isi e alu atu i lou aso fiafia. 'O ō ma loto o lo o faatasi ma 'oe, ma ia manuia lava lou aso fiafia. O le tusi sii lenei mai le Tusi Paia mo 'oe ma si tama faaipoipo o Isaako. Ioane 4:18. Tofa oe le pele, o ou mātua.

Na taunuu tonu lava le feau i le aso o le faaipoipoga, ma e le i iai se avanoa e faitau ai Susi i le feau a ona matua.

Ua mae'a le faapaiaga ma sa vaaia lava loimata o Susi i lona mafaufau i nai ona mātua ua le auai i lona aso fiafia. Ua oo nei i le taimi o le taumafataga ma ua tulai nei le Uosili a Isaako i lana lauga, ona sosoo ai lea ma le lauga o faamanuiaga eseese. Sa muamua lava lau e le Uosili le feau faamanuia mai matua o Susi. Ua le gata ina lauina o upu o le faamanuiaga, ae ua faitau ma le tusi sii mai le Tusi Paia. O upu nei o le Ioane 4:18: 'Auā sa ia te oe tane e toalima; o ia foi ua ia te oe i ona po nei, e le o sau tane lea; o le mea moni lava ua e fai mai na'.

Ua tau fai 'u'u gutu o tagata i le ofo i le mea ua latou faalogoina ua faitau mai ma lo latou alolofa ia Susi.

A o Susi e le i uma le fuaiupu ona lau, ae tu i luga ma momoe i le fale taele ma faataiō ai. Sa alu atu lana uo sili ma faamafanafana i ai. E umi lava se taimi o faatali le toe oo mai o le faatoa nofotane i le taumafataga. Sa tulai loa le faifeau fai faaipoipoga ma sa tapa le Tusi Paia.

O ana upu e faapea: ua tele faaipoipoga e iai o ia e tupu soo ai pea le sese lea ona o le fela'ua'i o tusi nei o Ioane Evagelia ma le tusi a le Aposetolo o Ioane. Ae faafofoga foi outou o lea o le a ou faitauina atu le eseesega o tusi nei: Ona uluai faitau lea e le alii faifeau le tusi a le Aposetolo o Ioane i le 1 Ioane 4:18: 'E leai se fefe i le alofa, a o le alofa atoatoa e faaateaeseina ai le fefe; auā e a le faasala le fefe; o le ua fefe, e le faaatoatoaina o ia i le alofa'.

Ou te manatu o le tusi sao lea na aumai ai faamanuiaga a matua o le tamaitai faaipoipo. O le saunoaga lea a le faifeau fai faaipoipoga.

Ae ou te manatu o le tagata na alu e auina mai le feau, ua le manatua le Ioane muamua ae ua na o le Ioane lava ua manatua ma le mataupu ma le fuaiupu. Ae faafofoga foi outou i le eseesega ma le Ioane Evagelia e 4 fuaiupu e 18: 'Aua sa ia te oe tane e toalima; o ia foi o lo o ia te oe i ona po nei e le o sau tane lea . . . . E le i uma ona faitau e le faifeau le fuaiupu, ae ua tau le lagona se leo o le alii faifeau i le tōē o le 'au valaaulia, ma faatoa matala ai lea o laugutu o le tamaitai faaipoipo ma 'ata 'e 'ē. Ua nofo i lalo le alii faifeau, ae toe tulai le alii uosili ma fai faamanuia e lua mo le alii faifeau, ma le lua mo le ulugalii fou, ma le tasi umi lava mo le aofia.

O se aoaoga:

1. Ia sa'o le faalogo
2. Aua le mimita ma faitatala solo ae galo ai le feau sa tatau ona fai.
3. Ua laveai e le faifeau le matagā ma le maasiasi o le faatoa nofo tane ma nisi o ona aiga.
4. E lelei le tagata e masani tele i le Tusi Paia.

# O le Tala ia Tulifauiave ma Tulauena

(Ole Fagogo na faamatala e Siilima Fusia)

Ua aave mai tala i le lalelei o le teine o Sina i le itu i sasae o le motu tele o Savaii. Ona tonu lea i manatu o le auso o Tulifauiave ma Tulauena e alu iai se la aumoega. Ua sauni le tauga o le aumoega ma ua faavai le manufata, ona tuu uma lea o le puaa i le fale ae fa'i na o le tapuvae ma tuu i le ato o le tauga.

E oo atu le auso i le fale ua tumu i le tele o aumoega ese'ese. Ua laulau loa tauga a le toatele o manaia o Samoa ua taufai o atu i le fia faiava ia Sina.

O le tele o tauga o manufata, ae ua oo atu loa le faasologa ia Tulifauiave ma Tulaena, ona faapea mai loa lea o Tulauena o le ma tauga o le tapuvae o le puaa.

Ona faapea atu lea o Sina ia Tulauena ia sau la oe ma lau tauga se'i o ta aia. Ona alu ane loa lea o Tulauena ua ai toalua le tapuvae puaa ma Sina. Sa muimui le tele o manaia ona o a latou tauga o manufata, ae ua faatāua e Sina na'o le tapuvae.

Ua uma ona taligasua Sina ma manaia o Samoa ona folafola lea o fala o manaia ae folafola ese fala o Tulauena ma Sina. Ona nofo ai lea o Sina ia Tulauena.

E nonofo lava Sina ma Tulauena ae le fiafia le loto o lona uso matua, ona o lona fia fai toalua ia Sina. Ua mafana le mafutaga a Sina ma Tulauena, ae vaaia lava e Tulauena le lē fiafia o lona uso matua ia te ia.

Sa mana'o loa le uso matua e alu so la faiva o le alofaga. Ua masalosalo loa Tulauena, o le a iai se mea o le a tupu ia te ia talu le fuā o lona uso ona o Sina.

Ona fai atu lea o Tulauena ia Sina: "Ua ou lagona e i ai se mea o le a fai e lo'u uso ia te a'u. O le mea lea a e vaai atu e fati sisina mai galu ona e iloa lea o loo lelei mea uma, ae afai e fati toto ona e iloa lea ua ou oti, ona e alu loa lea e te ola i lou aiga, auā e le ola lau tama ona o le fuā o lo'u uso."

Ua alu le va'alo o tama ma ua mamao lava, ma e tiga ona tau atu i le tele o igafo, ae fai atu lava Tulifauiave alo atu pea e tele igafo i le ogasami le la e maua ai atu matatusi.

Ua lilo mai fanua a lalo, ae alu pea le vaa o le auso. 'A saga alu lava i fea lo ta vaa o tele mau atu ia ou te vaai atu i ai' o le tala lea a Tulauena. Ae tasi lava le tali a Tulifauiave 'e tele atu na ei luma faamalosi atu teisi'.

Ina ua malie lava le loto o Tulifauiave ina ua le iloa mai mauga, faatoā amata loa ona sisi le tele o atu toetoe a goto le vaa.

Ua fai nei se malologa a tama ma ua polo e Tulifauiave le atu e fai ai le la mea ai. Ona togi atu lea e Tulifauiave le fasi atu ia Tulauena, ua togi faasese ma ua le maua e Tulauena ae ua palasi i le sami. 'Se oso e aumai le fasi atu o lea ma'imau' o le fai atu lea a Tulifauiave. 'O le a lava lea fasi atu o tele le mau atu o loo i le vaa?' o le fai atu lea a Tulauena.

Ua le mafai lava le viga a le tama matua ma ua 'iu ai lava ina oso Tulauena i le sami. Ae paga! O le taimi lea na aapa atu loa Tulifauiave i le tao ua velo ai Tulauena i le papatua ma ua oti ai.

O le taimi lava na alu ai le vaa o Tulifauiave ma le manamea a Sina, sa tago loa Sina ua tapena uma o la lavalava ma Tulauena, o le selu, o ie lavalava ma isi lava a la mea ma lona toalua.

E nofo lava Sina i le matafaga ma matamata i le fafati mai o galu, ua na o galu fati sisina: Ona tagi uū ai lea o Sina ma faapea: "Galu fati sisina, se'i fai maia se'i fai maia, pe na e vaaia la'u manamea o Tulauena. Tulaena e, ia e loto tele aua e te fefe, a e oti ou te alu lava e su'e oe la'u pele".

E te'i lava Sina ua fati mai le galu ua fati toto, ona iloa loa lea e Sina ua uma le ola o Tulauena. Ona tulai loa lea o Sina ma ona loimata maligi ma alu e su'e fano se mea e maua ai se e lavea'i i lona puapuaga.

Na uluai tau atu lava Sina i le lupe ma faapea atu Sina: "Le lupe e, o le manu a alii, faamolemole se'i ou fesili, pe na sau iinei lo'u fili"? Ona tali mai lea o le lupe ua faapea mai: "Ua alualu lava lea tamaitai valaau mai fua ia te au". Ona tali atu lea o Sina i le lupe ua faapea. "Ia ona o lou agaleaga mai ia te a'u, ia avatu lava a'u ma'a tao lalaga lai'a e tuu i lou isu". O le mafua'aga lea ua iai patu i le isu o le lupe.

Sa alu pea le sailiga a Sina ona la fetaia'i lea ma le manualii. Ona faapea foi lea o Sina: "Le manualii e, o le manu a alii, faamolemole se'i ou fesili pe na sau iinei lo'u fili"? Ona faapea atu lea o le manualii ia Sina: "Sina e, sau ia e toe foi mai lava lou alii ia te oe". Ona faapea atu lea o Sina i le manualii: "Ona o lou agalelei mai ia te a'u, o le a avatu maa 'ele mumu lai'a e tuu i lou isu". O le mafua'aga lea o patu mumu i luga a'e o le isu o le manualii.

Sa toe faaauau pea le sailiga a Sina ona tau lea i le manutagi, ona fesili foi lea o Sina: "Le manutagi e, o le manu a alii, faamolemole se'i ou fesili pe na sau iinei lo'u fili"? Ona tali mai foi lea o le manutagi ua faapea: "Sina e, e toe foi mai lava lou alii ia te oe". Ona tali atu lea o Sina ua faapea atu: "O le taui o lou agalelei o lea avatu la'u ie sina lea e tuu i lou fatafata". O le mafua'aga lea ua pa'epa'e ai le fatafata o le manutagi.

Ona toe faaauau foi lea o le sailiga a Sina ua fiafia ma ua tau mafanafana lona loto i tali ale manuaalii ma le manutagi.

Sa tau atu Sina i le manuma, ona fapea atu fo'i lea o Sina: "Le manuma e, o le manu a alii se'i fai atu o la'u fesili pe na sau iinei lo'u fili"? Ona tali atu lea o le manuma ia Sina: "Sina e, e toe fo'i mai lava lou alii ia te oe". Ona faapea atu lea o Sina i le manuma: "O le a avatu la'u ie ula lea tuu i lou fatafata". O le pogai lea ua mumu ai le fatafata o le manuma.

Ua tau maua le loto tele ia Sina ona o tali ale manualii, le manutagi, ma le manuama. Ona faaauau pea lea o le sailiga a Sina ma ua tau atu i le sega.

Ona tagi foi lea o Sina ua faapea atu i le sega: "Sega e, o le manu a alii se'i fai atu o la'u fesili pe na sau iinei lo'u fili"? Ona fai atu lea o le sega alu atu pea i le ala lea io luma atu a e tau atu ise tamataitai, ona e tago lea sasa mata i le si'usi'u launiu, o ia lena o le a ia ta'u atu ia te oe le mea o i ai lau manamea ma o lona igoa o Matamolali".

Ua fiafia le loto o le tamaitai o Sina i le tali a le sega e 'ese mai lava i tali a isi manu. O lea na ia faapea atu ai: "Ona o lou agalelei ia te a'u o le a avatu ai la'u i'e 'ula lea e tuu i lou ua, ma le lei lea e tuu i lou isu ma o le a e ai i laau suamalie uma o le laufanua". O le mafua'aga lea o le ula mumu o loo i le ua o le sega ma o lona gutu umi ua ia mafai ai ona ia mimitia mea suamalie mai fuga o laau ese'ese i le laufanua.

Ona alu loa lea o Sina ma le fiafia o le a maua nei le fesoasoani e mafai ai ona la toe mafuta ma lana manamea o Tulauena. Ua ia tau nei ise tamaitai i le ala, ona ia tago loa ua sasa mata o le tamaitai i le si'usi'u launiu. Ua faataiō le tamaitai ma faapea mai: "O ai lenei tagata le anoano ua sasa o'u mata?

"Faamolemole lau afioga Matamolali, ou te manaomia lau fesoasoani se'i faaola mai ai la'u manamea o Tulauena." "O ai oe ma o ai foi na e iloa ai lo'u igoa"? "O le sega nana ta'u mai ia te a'u ou te sau ia te oe, ae faamalie pe a ua leaga la'u sasa i ou mata". "Oi paga foi lena alii o sega, ae sau e ta'u mai pe na faapefea ona oti o lou toalua"? Ua malie le loto o Matamolali, ma faapea atu ia Sina: "A oo taeao ona ta usu po lava lea, meamanu e le'i sau le tafeaga o ananafi".

Ona fai atu lea o Matamolali ia Sina: A malama le taeao ona ta ala usu lea
e saili lau manamea. E lei moe lelei Sina i le po atoa, fa'i o le alofa i lana pele, ae o le tumu
o mau manu ese'ese ua malomaloā ai le fale o Matamolali.

Ona ala usu atu loa lea o Sina ma le aitu, ua alu atu Matamolali ua tatala le vaiola ae pupuni
le vaisola. Ua o ane nei le tafeaga a taupou ma manaia oi latou ia o loo aga'i atu i le nuu o
pulotu. Ua fai atu Matamolali, afai e te vaai atu i lau manamea ona a'ua lea ete leo tele pe
tusi lou lima, ae tau ina e musumusu mai ia te a'u. Ona tali i'o atu lava lea o Sina. Ua uma
fo'i ona faatonu e le aitu fafine Sinai e lafi ae aua ne'i faailoa mai i lona toalua pe a oo i le
taimi e toe ola ai.

Ua toatele manaia ma taupou ua tafefea atu i le tafeaga, ae vaaia loa e Sina Tulauena, o loo
tafea mai ma oloo tu ai lava le tao a Tulifauiave i le papatua, ua tau e'ē Sina ina ua vaai alofa
i lona toalua ae ua ia manatua le faatonuga a Matamolali, o lea ua na o le u'u o lona gutu ma
moiini ona mata. E ui ina lei musumusu atu Sina, ae ua iloa lelei lava e le aitu fafine le toalua
o Sina mai i ana aga.

Ona oso atu lea o Matamolali ma taofi mai le tane a Sina ua ia fasi ma lelemo. Sa i'u loa ina
faataiō o Tulauena ma fai mai auē ta fia ola. Ona fai atu lea o Matamolali, ao fea o, ua tali
mai Tulauena o sasae, ua toe fasi ma lelemo ma toe fesili atu, a'o fea o, ua tali mai o sisifo.
Ua toe fasi ma lelemo ma fesili ao fea o, ua tali o luga, ao fea o, ua tali mai o lalō. Ona faapea
atu lea o Matamolali, ia sau ia ta ō ua e atamai.

Ona o ane ai lea o Matamolali ma Tulauena i le fale, ao Sina ua leva ona momo'e i le fale ma
ona mata a papa i la tagi, fa'i o le fiafia ina ua toe vaai i lana pele, a'o foliga mafatia ua ia
vaai atu i le mea na fai e lona uso matua ia te ia.

Ua o ane nei Matamolali ma Tulaena i le fale, ua valaau atu; suga se'i aumai se ie se'i laei ai
si alii nei. Ona togi ane lea e Sina o le la ie ma Tulauena. Ua misimisi le gutu o Tulauena ina
ua tago atu i le ie o foliga tonu lava o le la ie ma Sina. Ona fai atu lea o le aitu fafine, o le a
le mea e misimisi ai lou gutu, oi e leai se mea ae ona o le ie lea e pei lava o le ma ie ma lo'u
toalua. Ia efaapea lava oe na o oulua ma lou to'alua e faapena se lua ie. Ua toe valaau atu
Matamolali, suga se'i togi ane se selu se'i selu ai le ulu o si alii. Ona togi ane fo'i lea e Sina
lo la selu ma Tulauena. Ua pupula totoa le alii i le selu, ua toe faapea atu fo'i Matamolali,
o le a alii le mea ete pula to'a ai i le selu? Oi e leai ae faapea uma lava le ma selu ma lo'u
to'alua. Ona faapea atu loa lea o Matamolali, suga Sina faailoa ma ia isi alii nei ua mafatia
lava lona loto i le alofa ia te oe. E le'i toe faatali Sina ae oso atu loa ma fusi lona toalua na
oti ae ua toe ola mai.

Ua taunuu le pese a Sina: "Tulauena e, ia e loto tele aua e te fefe, a e oti ou te alu atu lava e
su'e oe la'u pele". Ua le toe foi Sina ma Tulauena i lo latou aiga ae ua nonofo ai ma le fiafia
ma le aitu fafine alofa o Matamolali.

1. E le se mea lelei le fuā, poo le mana'o fua i le avā a le isi.
2. Ia e alofa i lou uso ia pei o'oe lava ia te 'oe.
3. O le alofa ua moni e le fo'i, ae oo lava i le oti.
4. Talofa ia Tulauena sa iite i lona oti, ae leai se leo.

# VAEGA E FA

## *O tala e fai ona vaega, ma e mafai ona faatino*
## *e se to'alua pe to'atele*

## 'E ā le Uga e Tausili ae Tigaina ai Fua le Atigi'

O le uga e nofo i le atigi. A o laiti lava uga e masani ona fetolofi solo e su'e se atigi e nofo ai. E mumua lava vae matua ma tamai vae ona sosoo ai lea ma le tino ae tautau ai i tua le ute.

Ua maua le atigi ma ua fiafia le uga ua malu lelei lona tino atoa i totonu o le atigi. Ua le gata ina maua le atigi, ae ua tatau foi ona eli se pu e nofo ai. Ua uma ona eli le pu ma tanu malu ai le uga ma le atigi.

A oo i le po ae maise o po masina, ona fetolofi solo lea o uga e su'e mea ai. O ni isi foi uga e o i le sami e feinu ai, ae maise o le taimi o le pe o le tai.

E seāseā toe foi mai le uga i le pu sa nofo ai, ae masani ona eli foi o se isi pu fou, ae a le o le na, ua su'e se vaimaa e lafi ai.

E iai le taimi e le ofi ai le uga i lona atigi, ona alu lea e su'e se isi atigi e lapo'a ma fetaui mo lona tino.

E alu atu la le uga lea o le a faaigoa o Semo o tau faamaulu le ute o le isi uga e igoa ia Sumu i lona atigi fou.

Semo:
"Alii Sumu, e a pe a ta faafesui a'i, ave atu lo'u atigi manaia lea ma o'e, ae aumai lou atigi lena e mafo'efo'e ma a'u?"

Sumu:

"Oi! a ave atu foi o e vaai mai o lea e tau tō lo'u sela i le tau su'ega o se atigi e fetaui mo lo'u tino."

Semo:

"O fea la na maua ai lau atigi? Ao fea foi lou atigi tuai?"

Sumu:

"Oi sole matua'i tele alii au fesili. Vaai oe faatoa alu atu nei lava le tamaloa ma lana ato atigi. E felanulanua'i lava atigi a le tamaloa. O atigi sisi, o atigi alili, ma atigi fou lea faatoa ou vaai i ai, fai mai le tamaloa o atigi sisi afelika. O le a ea foi le isi au fesili?"

Semo:

"Se na ou fesili atu po o fea o i ai lou atigi tuai?"

Sumu:

"A foi le mea le na ua ou sela ai. Ou te sau ae maua a'u e le isi tamaitiiti. Se ua ou fiu e faataga moeiini i lo'u atigi, ae mapumapu mai lana susuga."

Semo:

"Ia ona a lea?"

Sumu:

"Oi! a a lea lou ali'iga. Se ua mao foi si 'ou matala atu i fafo, ae tago le ula leaga aofai atu ou vae ae taumafai e se'i atu a'u i fafo."

Semo:

"Oi sole na faapefea la ona e sao mai?"

Sumu:

"Na ona ou migoi laititi lava ou tago loa u le lima o si alii, a e vaai i le faataiō o le toa ula. Ua vave lava le tiai o au i lalo, o'u ve'a mai loa a o lae lava e 'u'u e si alii lo'u atigi."

Semo:

"Malo alii loto tele, ua e laki ua e sao mai. A o fea ea foi le mea o aga'i i ai le tamaloa ma le ato atigi?"

Sumu:

"O lena e aga'i atu i se mea o Futiga. E te iloa foi le mea lena e lafoa'i ai lapisi o le motu. Fai mai o iina e taatele ai sisi afelika".

Semo:

"Se ua faafetai alii Sumu, o lea ou taalise nei i le lapisi ma su'e ai sa'u atigi sisi afelika."

Sumu:
"Ou te alofa ia te o'e le uso, e fai lava sina manogi tele o le mea lena e lafoa'i iai lapisi, ae o le isi mea lelei o Fatumafuti. O le mea lena o le taligalu e tele ina fesuia'i ai atigi o le tatou ituaiga, e le taumate ona maua ai se atigi e fetaui ma 'oe"

(O le fesoasoani i faiaoga i Upolu: Faaaoga le mea o lo o lafoa'i i ai lapisi i Tafaigata, ma le eleele fou i le taligalu i Apia).

Semo:
"Faafetai alii Sumu le fesoasoani mai. E moni ai lava le isi upu."

Sumu:
"O le a le isi upu?"

Semo:
"O le isi upu a a a a a, se ua galo foi talu lou vave fesili mai."

Sumu:
"E le o lea: O le uo mo aso uma ae o le uso mo aso vale."

Semo:
"Lena la ia, se ete feololo foi alii i le gagana Samoa."

Sumu:
"Ia o le isi lea a'u fesoasoani ia te oe le uso, tiai lou atigi, ae alu fua na o 'oe. E te tigaina lava e tau sa'e lena atigi, ae lelei lava le alu faasausau e vave ai lau totolo. Sa faapena foi au, ai lava o u'u e si alii lo'u atigi, ae ou ve'a mai lava faasausau."

Semo:
"Se o le sa'o la lena, e lelei lava le alu e leai se atigi o tau sa'e ma le mamafa. Auā e fai foi o le tatou mana'o i atigi, ae o nai atigi lava e tigaina i lo tatou tau sa'e solo o latou. Tiga le tau atu i maa ae taolo ai lava nai atigi."

Sumu:
Ae le o le mea la lena lea e i ai le alagaupu fo'i lea: 'E a le uga e tausili ae tigaina ai fua le atigi'.
"Ia manuia alii lau sailiga."

Semo:
"Faafetai ou te toe sau lava pe a maua so'u atigi, ae tofa ia."

Sumu:
"Tofa alii uso."

43

Fesoasoani mo Faiaoga:

1. Lisi upu fou ma faamatala, pe fesili foi i tamaiti e faamatala le uiga o upu.
2. Fai i le vasega e aumai so'o se atigi e latou te maua, ma faaigoa atigi eseese.
3. Su'e mai e le faiaoga se uga po'o ni uga ise fagu gutu tele ma le malamalama.
4. A'oa'o le uiga ma le tāua o alagaupu: O le uō mo aso uma ae o le uso mo aso vale. E a le uga e tausili ae tigaina ai fua le atigi.

# O le Tala i le Faauō a le Fa'i ma le Fuesaina

Faamatalaupu:
O le fuesaina o le fue e taatele i laufanua o Samoa. E
fiafia le au faifaatoaga maumaga e lalafo se laufanua
o lo o ola tele ai le fuesaina auā e lalafo gofie. Ae
o le fuesaina lava lenei ua fai ma fili o le au fai
togafa'i ona o le sosolo i fa'i ma lē ola lelei ai fa'i
totō. Ua te'i lava lā le isi fa'i ua sosolo a'e i lona tino
le fuesaina, ona oso ai lea o lona faalē malie.

Fa'i:
"Sole fuesaina o fea e te sau ai, ma aisea ua e sosolo
mai ai fua i lo'u tino?"

Fuesaina:
"O le mea lava lea na ou ola ma ou sosolo ai, ae ua
ou te'i lava ua vele a'u e le faifaatoaga ma lafoa'i
a'u ae totō ai lau susuga."

Fa'i:
Afai la ua vele 'ese oe aisea la le mea ua e toe so solo mai ai?

Fuesaina:
"Talu ai ona o i nei na ou ola muamua ai o le mea lea, o lau susuga lea ua e sau fua fao lo'u
eleele."

Fa'i:
"Malie la lau susuga, e le o a'u le pule na ala ai ona ou sau i inei. Ae faatali se'i sau le
faifaatoaga ona ta'u lea i ai o lou lē malie"

Fuesaina:
"Oi, a e faalogo mai ea o le faifaatoaga na ave'esea a'u, ae o lea ua e fai mai e ta'u lo'u le
malie i le faifaatoaga. Na o mea e matua'i vele ma kilia ese ai a'u ma le lalolagi lenei."

Fa'i:
"O la'u tali atu i lau muimui faapea o le' ele'ele na e soifua muamua ai. O le a la le mea e te
mana'o ai?"

Fuesaina:
"Vaai oe le uso, masalo e lava lelei le 'ele'ele lea pe'ā tā ola faatasi ai. O lena ua amata ona tupu ou moemoe, ma o le a e tupu tele i luga, ae lelei ona ou sosolo atu i lou tino ma ta ola faatasi ai lava ma ta maua uma le susulu o le la."

Fa'i:
"Oi, sole matua'i e poto tele, ona e sosolo sosolo mai lea i le faapefea?"

Fuesaina:
"A fo'i e te tu sasa'o lava oe ae na ona ou upe atu lava i lou tino ma ou lau ona ta opoopo faatasi ai lava lea, ma usu se ta pese."

Fa'i:
"Se, e 'ese alii, oi pe 'o 'oe ea se suga? E ese lou fai tonu lelei, e leaga fo'i le ola toatasi, ae lelei se aiga ae toatele e tupu ai le felagolagoma'i."

Fuesaina:
"Ia ua a la, lena la ia ua e maua lelei mai lava le mea lea ou te fai atu ai. Oi ma o a'u e itu lua, e mafine i isi taimi, toe masomasoa i isi taimi."

Faamatalaupu:
"Ua matua gau lele lava i lalo le poto o le fa'i i le malie ma le tauagafau o le fuesaina."

Fuesaina i isi fuesaina:
"Vaai outou lea ua gau le poto o le fa'i i nai a'u upu mālū ma le malie. Ae tou te vaai mai loa ua ou sosolo i luga, ona tou sosolo mai fo'i lea o outou, ae aua le pisa."

Faamatalaupu:
Ua amata nei ona sosolo i luga o le fuesaina, ma e faalogo atu le fa'i e pei e 'ene ia ese loi i faiga a le fuesaina.

Fa'i:
"Oi sole e 'ese alii, oi suga le pa'i mai o nai ou ave ia e sosolo mai."

Fuesaina:
"Ua e toe 'ata fo'i la o le a? Faatali la se'i tele ni 'ou lala ona e faalogoina lea o le mafanafana o lou tino."

Faamatalaupu:
E fai lava le tala a le fuesaina ma geno atu i isi fuesaina e vave le so solo i luga o le fa'i.

Fa'i:
"Sole matua'i e tau faa'ata tele, o lea fo'i ua 'ene mai e le isi ou lala lo'u 'ao 'ao."

Faamatalaupu:
Faapea lava le fa'i na o le tasi le fuesaina, ae le iloa ua sai atoa lona tino e le anoano o fuesaina. Ua na o le 'ata ma tau migoi solo le fa'i ae ua le mafai ona gaoioi.

Fa'i:
"Se e pei ua mamafa ea la'u faalogo i le tele o ou fue lea ua so solo mai?"

Fuesaina:
"E mamafa leaga ou te le'i oo atu i ou lau, ae a 'ou oo atu loa i luga o ou lau ona mama loa lea o lau avega."

Fa'i:
"Masalo la e sa'o 'oe. Ia so solo mai pea ma upe solo ane i laufai, su'e le mea e lelei ai le faasavili a le tagata ia."

Fuesaina:
E manaia mo'i lava alii luga iinei, e savili toe malū, toe manaia fo'i i le vaai. E le tioa e fiafia e te tutu sasa'o pei se tufaso.

Fa'i:
"Se se'i faatali ea aua e te vave ola mai i luga, ua le gata ina e mamafa, ae ua ou tau le iloa atu le susulu o le la."

Faamatalaupu:
Ua oo nei ina tau le iloa e le fa'i le susulu o le la, a ua sai atoa e le fuesaina ia le tino ma ona lau ua oo lava i le moemoe.

Fa'i:
"Sole fuesaina, se se'i sōsō atu ua e mamafa tele. Ua ou tau le mafai ona manava."

Fuesaina:
"Ua toe mamafa fo'i la o le a, e fai atu lava nai a'u mea pila ma e see ai lava. Ai la ia lou vale. Faatali lava oe se'i ta matua'i fusifusi
ma ta feasogi lelei ma se'i tui oe i le tui oti."

Fa'i:
"A uoi, se mea e leaga o mea faapenei. Sa ta faapea lava ita o se mea lelei le yes. Ae o lenei fo'i faifaatoaga, se'i sau e vaai lenei toga fa'i. Ua toto, toto alu moe ae o lea ua tafili saunoa le au faatupu faalavelave."

Faamatalaupu:
Ai lava o le malie lea o le taa kirikiti o le faifaatoaga faatoa manatua ai le togafa'i.

Faifaatoaga:
"Oi sole vaai ia, o lenei ua toe itiiti pepe alii lo'u tagafa'i i nei fuesaina. Ai lava se'iloga e matua'i sasa i lalo nei fuesaina."

Fa'i:
"Sole e pei alii faatoa sa'o lata manava ina ua ave
'ese fuesaina ia na upe i luga ia te au. O lea faatoa segaia ota mata i le susulu o le la."

Faamatalaupu:
E ui lava ina ua ave 'ese fuesaina sa saisaitia ai le togafa'i, ae ua le ola lelei lava fa'i ona o faiga a fuesaina. Ua ola faa lau tagitagi ma ua le fua lelei foi. Ma ua taunuu ai le i si muagagana: Ua uō uō foa.

Ose a'oa'oga:

1. E suamalie i le gutu togafiti a le fili ae oona i le manava.
2. E poto le fili ae vaivai le tagata.
3. E leaga le mimita ma le faalialia vale.

# O le Uō a le Aoa ma le Maota

O le maota o se laau tupu vave toe tupu tele. E pei ona lau o lau o le tufaso, e tele ina sesē ai tagata latou te ave lala o le maota e pusa ai suavai fā a i latou o se tufaso. A mago lelei le tufaso e lelei e pusa ai umu, ae faalē lelei le maota mo le pusa ai o ni suavai.

O le aoa o se laau tupu tele toe tupu mafalā, ae le gata i lena ae tele ona a'a lapopo'a ma uumi. O a'a o le aoa e uumi ma tupu mai luga seia pa'ia le eleele. E le mafai e le aoa ona ola atu i le eleele ona o le uumi o ona a'a. O fatu o le aoa e feavea'i e pe'a ma mau ai luga o lala o laau e masani ona upe ai pe'a. E le umi ni aso ae amata loa ona tupu le aoa ma faasosolo ifo ona a'a i le lalo seia pa'ia le eleele.

Faamatalaupu:
Ua te'i le maota ua oso mai le a'a o le aoa mai le isi o ona lala.

Maota:
"Sole, o fea e te sau ai, ae na faapefea foi ona e oo mai i luga nei?"

Aoa:
"O le alii lea o pe'a na aumaia lo'u fatu ona tuu ai lea o au i lenei mea maualuga. O lea ua ou tupu ma ua fai foi sina o'u lili'a."

Maota:
"Oi! O fea la o iai lena alii o pe'a, ae o le a la lou faamoemoe."

Aoa:
"Se e faamalie atu i lou finagalo alii maota. O le mea lea e ta'u ua faavalea e le pe'a le aoa. Ua leai nei se mea e toe mafai ua sola le pe'a ae faamalie lou finagalo, na o nai 'ou a'a lava ia e fia faa'āpili atu i lou lala lea e tasi."

Maota:
"Ona a pili a pili a pili lea faapefea?"

Aoa:
"Vaai oe alii maota, ou te le mamafa, aua a sao atu ma taunuu o'u a'a ia i lalō ma tutū ai, ona māmā lava lea o lau avega."

Maota:
"Ae fia ou a'a?"

Aoa:
"E le tele lava se tasi pe lua foi ni nai a'a e tuutuu atu i lalō e faamalosi ai le ta tulaga."

Maota:
"Ia ua lelei, ae aua ne'i mamafa i lo'u itu lea agavale, leaga o le itu lena e masani ona afatia i matagi malolosi."

Faamatalaupu:
Ua levaleva nai aso ma ua tupu malosi le aoa, ua le lua a'a ae ua tele. Ua faalogoina e le maota le mamafa.

Maota:
"Sole, aoa, ua fai lava si ou mamafa, ma ua amata ona tetele o ou lala ua tau punitia ai la'u vaai i le la. O le isi mea, o fea foi au tala na o le lua ni ou a'a, ae o lenei ua e felefele solo pei ni ave ose fee?"

Aoa:
"E faamalie atu ia te oe le toeaina."

Maota:
"Aua le ta'u toe'ina mai a'u, e le o au o sau toeaina."

Aoa:
"Oi ua mao atu la'u tala, ae ona o oe na e mua i malae, ma o oe foi e ou le 'ele'ele lea ua ta tutū ai nei, ae sili ia ona ta'ua oe o le uō."

Maota:
"E leai foi, e le o a'u foi o sau uō, vaai oe e uumi toe felefele ou a'a, ae o a'u ou te tupu lapo'a ma maualuga e fiafia tele manu e ofaga i ai."

Aoa:
"Vaai alii maota, ia e malie, ae aua le vave lou ita ne'i te'i oe ua maua i le toto maualuga. O le a e iloaina lava i se aso lo'u alofa ia te oe. Ua e matua ma e toeaina ma ou te ofo atu ou te tanua oe ma fai lelei lou lauava."

Faamatalaupu:
Ua levaleva nai aso o le mafutaga a le maota ma le aoa. Ua tupu tele nauā le aoa, ma ua tau le mafai e le maota ona talitali e le gata i le mamafa ae o le fufusi o faiga a le aoa i le maota.

Aoa:
"Ua la ia lou fia ote i le amataga, e faaoleole atu lava oe ma e seetia ai lava i nai 'au mea pila. Faatali lou oti, e 'omi 'omi lava oe ma e pē mate ai lava."

Maota:
"Se mea se e leaga po o le valea ea po o le alofa. Ana ta ita foi ma tuli ese le alii faitogafiti lenei ona faapea mai lea o le loto leaga. Ae o lenei ua avea le alofa ma mea e oo mai ai le oti. E moni ai le pese a tamaiti: "Ona oo mai lea o le oti, i le lē faautauta, e pulea e le Atua mea uma.""

Faamatalaupu:
Ua mavae tausaga ma tausaga o tutupu faatasi le maota ma le aoa, ona 'iu lea ina pe le maota ma pala ae ua tu matilatila ai le aoa ma ona a'a felefele pei o ave o le fee 'ave valu.

Molimau a le Tusitala:
Sa vaaia e le Tusitala se tama'i aoa o tutupu faatasi ma se maota i le ituala i tai po o le 300' aga'i i Sisifo mai le ala o le malae vaalele i Tafuna. Sa i'u ina pe ma pala le maota ae ua tu matilatila ai nei le aoa, ma ua aga'i ina tupu tele ma mafalā.

O se aoaoga:

1. Ia mataala i togafiti a lē o leaga.
2. Aua le mimita pe a e faalogo i upu faalialia.

# O le Tala i le Fonotaga a Paa

(O le tala na faamatala e le alii faifeau o Faatauvaa Tapuai,
ae teuteu e le Tusitala)

Sa tala'i e le tupu o paa se fono tele a paa
uma o le lauleele ma le sami. Ua tofu
uma leitio, o televise ma nusipepa ma
faasalalauga o le fono a paa.

O upu nei o le faasalalauga:
"Ua tonu nei i le finagalo o le tupu o
paa, o le a faia se fonotele a paa uma o
le lauleele ma le sami, ina ia saili ai se
tasi e sui tulaga ma nofoia le nofoa o le
tupu o paa, ona ua le mafai e le tupu ona
faataunuu ona tiute."

Ua taufai sauni nei paa eseese o le sami ma le lauleele ma a latou teuga eseese e malaga mo
le fonotaga.

Ua oo i le aso tuupoina, ona tau fai gasolo mai lea o paa eseese mai lea itu ma lea itu. Ua
vaavaai atu nei le tupu o paa e le gata ina eseese foliga o paa, ae tofu lava le ituaiga ma le
faiga o a latou savaliga o lo o savavali mai ai.

Ma o se vaaiga uiga ese, o isi e savavali sao mai i luma ma o latou vae matua e faalālā i luga
pei e sauni e tau. O isi e savavali mai e ū mai autafa, a o isi e ū mai papatua ma savavali mai
i le fale fono.

Tauvalaauga:
Sa tulai le failautusi o paa ma le api tele lava ma tauvalaau igoa o ituaiga paa taitasi, ma o le
lisi lenei:

Paa tupa, paa avii, paa tutū, paa kea, paa mali'oli'o, paa vaeuli, paa limago, ma paa 'ama'ama.

Na uma loa le tauvalaauga a le failautusi, ona fesili lea o le tupu o paa: "E iai se ituaiga e le
i valaaua."

Paa ūū:
Sa tulai le ūū ma fai atu, "Lau afioga a le tupu o paa, o le ituaiga o ūū e le i valaaua." Sa faamalamalama e le failautusi o le ituaiga o le ūū e le o se paa, ae lavea i le ituaiga o uga.

"O le a le uiga o lau tala, e faapefea ona e fai mai o le uga e le o
se paa, ae faapefea nei vae tetele, e le ni vae paa ea?" O le fesili lea a le ūū. Ua vevesi le fono ma ua tau le lagona le tali a le failautusi i le tau alalaga mai o isi paa e sapaia le mau a le ūū o ia o le paa.

Faamatalaupu:
Sa tulai le avii ma faaali lona taofi. "O au o le paa sili on laititi i paa uma ae ou te faatuina le mau ina ia talia le uga o le paa." Sa fulisia uma le fonotaga e sapaia le mau a le avii. Sa patipati uma le fono, a o fai faaaliga a le ūū ma faaali atu o na vae lapopo'a, ma lona ute tele.

Faamataupu:
"Ua atoa uma ituaiga paa sa tatau ona auai i le fono," o le tala lea a le failautusi.

Tupu o paa:
"E tasi le mataupu o le fono o le filifilia lea o se ituaiga paa e agavaa e tauavea le tofi o le tupu o paa."

"Ua avanoa le fola mo ni mau e faatutu mai ni ituaiga e fai i ai le palota."

Faamatalaupu:
Ua taufai tutu atu nei paa ma ave atu lona lava ituaiga, ina ia avea ma tupu o paa.

Paa Limagao:
"O au o paa limago, e tetele ou vae matua toe manaia lou tino. Ou te nofo i toga togo, ou te asiasi foi i le sami papa'u, ma ua tatau ona avea au, o le tupu o paa. E ta'u a'u o le paa Samoa po o le 'Samoan crab' i Hawaii.

Avii:
"O au o le avii, o le paa e sili ona laititi. Ou te nofo i le oneone ma ou te iloa uma lava amio a tagata e fai i le matafaga. Ua tatau ona avea au ma tupu o paa."

Mali'oli'o:
"O au o le maliolio, o le isi foi paa e laititi. Ou te nofo i le palapala i le mea vaia. Ua oo i lo'u taimi ua tatau ai ona fai au ma tupu o paa."

Paakea:
"O au o paakea, ou te nofo i le aau, e fulufulua lo'u tino. O isi taimi e 'ōnanā tagata, pe a latou 'aina lou tino. Ua tatau ona avea au ma tupu o paa."

53

Tutū:

"O au o tūtū, ou te nofo i le aau. E manaia lo'u tino, ma a oo lava i ni isi taimi, e momoga ai totonu o lo'u tua e manaia tele i le taumafa. E tele foi ina faaaoga e tagata lou tua mafiafia ma pulepule manaia e teu ai fale. O isi foi taimi, e ui lava ina ou le fiafia i ai, ae fai lava lo'u tua ma ta lefulefu. Ua tele lo'u aoga ua tatau foi ona avea au ma tupu o paa."

Paa Vaeuli:

"O au o paa vaeuli, ou te nofo foi i le aau. E tetele ou vae matua, ma e uli pito o ou vae matua e faafefe ai tagata latou te taumafai e pu'e au. Ou te mālu alii ma ua tatau ona avea au o le tupu o paa."

Tupa:

"O au o tupa, ou te nofo i ogaeleele i mea faa taufusi. E eli lo'u lua i le eleele ma ou nofo ai. A oo i le atoa o le masina ona ou alu lea ou te taele i le sami ma ou ae i luga o futu ou te matamata ai i le masina, pe a sulugia le sami i lona susulu. E tele ina fa'a fai'ai a'u e tagata, o le mea lea ua tatau ona avea o a'u e fai ma tupu."

'Ama'ama:

O au o 'ama'ama ou te nofo i vaipapa. Ou te fiafia tele pe a lōfia lo'u vaipapa i le galu. A pe le tai ona matou faapotopoto lea o lo matou ituaiga i luga o le papa mātū. E vave lava ona matou sosola i o matou vaipapa pe a soli atu le matou fono e tagata. Ua tatau ona avea 'ama'ama ma tupu o paa."

O 'au o ūū:

Sa mulimuli lava ona tulai le uu. "O au o ūū. Ou te tupuga mai le uga. A oo ina ou lapo'a ua ou le toe ofi ise atigi, ona ou nofo ai lea i vaipapa tetele. O le popo la'u mea ai, ma ou te a'e i le niu ma faapalasi ifo se popo ua uma ona ou ati ese le pulu. Ou te faapa'ū ifoa le popo i se maa ma vete ai, ona ou alu ifo lea ma fai ai la'u tausiga. Ona e leai se isi o outou e mafaia ona fai o mea nei ou te faia, o lea ua matua tatau ai ona avea ūū ma tupu o paa."

Avi'i:

"Ou te matuā faaluaina le mau a le ūū."

Tupu o paa:

"Talu ai e leai se isi na faaluaina a outou mau, ona ua outou tau fai fia tupu uma, o le mea lea, ona pau lea o le mau ua i ai se na te faaluā, ma o le fesili o le a tuu atu."

Tupu o Paa

"O i latou uma e sapaia le ūā e fai ma tupu o paa, si'i aao?" E faapei ona eseese o savali na latou savavali mai ai i le fono, ua faapea foi ona eseese ituaiga vae e sii ina ua tuu mai e le laulau le fesili. Ae ui ina eseese vae palota o paa, ae sa manumalo le mau a le ūā lea na faalua e le avii.

Faamatalaupu:

Ona toe gasolosolo foi lea o paa i o latou aiga ma o latou ituaiga, seia mae'a tausaga e fa ole nofoaiga a le ūū ona toe valaau foi lea o se isi fonotaga e filifili ai se isi ituaiga e sui tulaga.

O se aoaoga.

1. O le 'ese'ese o foliga ma savali ua faapena foi ona 'ese'ese o manatu ma amio.
2. O pa'a na fia fa'aaliali o latou vae, ua faapena i latou e fia mata muamua, e manatu fa'asausili i le malosi, le poto, le aulelei, ma le tele o oloa atoa foi ma le faalialia vale.
3. O le tau vavae 'ese o le ituaiga o le ūū, e pei o i latou ia e manatu faapito.
4. O e na savalivali faaautafa o i latou ia e le matua fetagofi e galulue, ae tago faa temutemu i mea e fai. E pei o le alagaupu: "E togi le moa ae uu le afa". Oi latou ia e aumai mea e mailei atu ai isi mea.
5. O ē na savavali ma u mai papatua, oi latou ia e uiga faa lilo lilo a latou amio. E aofia ai foi i latou e mata mumuli.
6. Ua taufai tatao lava manatu o le sui mo ia lava, ae le fetāla'i. Alagaupu: O le poto e fetāla'i, ae o le vale e taofi mau.

55

# O le Misa a le Sega ma le Iao, ae Laufalī ai le Fuia

Faamatalaupu:
O le sega osi tama'i manulele la'ititi lava e masani ona tafatafao i togala'au i tafatafa o fale. O le sega tane, e mumu pa'auli lana ula i lona ua ae uliuli atoa lona tino. E leo malie e pei e i'i, pe a valaau isi ana manamea e sau o lea ua maua nai mea ai suamalie i le fua o le aute poo se isi foi fugalaau e pei o le suni. O le faaumi ole igoa o le sega o segasega mau'u ma o le isi lea manu masani o le laufanua o Samoa.

O le iao o le isi lea manulele masani o Samoa e fai si ona lapo'a atu i le sega. E tau lanumeamata vaivai ma faaefuefu lona tino. E malosi lona leo pe a vaaia ni manu e le masani ai i le vaomatua, ae maise lava le lulu. E iloa gofie lava ua i ai le lulu pe a tagi e'e le iao, ae le nao ona tagi ae mulimuli i le lulu e pei nate tuli 'esea le lulu. E masani foi ona manatu nisi o le iao na te ta'u maia ua i ai ni aitu i le laufanua e iloa i lana tagi. O le taimi e sau ai le lulu ole tau faa pogipogi, ma o le taimi foi lea e pei e tuli aitu ai le iao.

O le fuia o le isi lea manulele masani o le laufanua o Samoa ma e uliuli atoa lona tino. E lapo'a atu i lo le iao e pei se tamai moa ua tasi le masina le telē. E fiafia tele le fuia e faalatalata i esi, ae maise lava esi ua pula ve'ave'a. A tele esi pula ua pisapisao le fuia e tauvalaau i isi fuia e o mai ua tele esi pula.

O le tala la lenei i le misa a le sega ma le iao, e mafua mai i manu nei sa felele a'i lava i le va o laau o le nonu ma le auauli i tua o le fale o le Tusitala i le taimi faatoā tea le afā o Heta, i le tausaga e 2004. E tusa e tolu lelei aso o maitauina pea ele tusitala le faiga a nei manu o felelea'i i le va o le nonu ma le auauli. O le va o nei laau e tusa male 30futu.

E i ai isi manu i le tala; o le tiotala, o le pe'a, ma le lulu.

O le Tala e faapea:

Faamatalaupu:
E sau le iao o fealua'i le sega i luga o le nonu.

56

Iao:
E! sega, alu ese nei lava ma lo'u la'au. O ai na fai atu ete sau i lo'u la'au? Alu e su'e se la'au ete 'ai ai.

Sega:
E! e le o sou la'au, o le nonu lava lenei e masani ona ma tafafao ai ma lau uō, ae o lea ua e fai mai o lou la'au?

Faamatalaupu:
O le to'u lea a le sega. E le fia toilalo foi le sega ia.

Iao:
Ao le mea ea la! e fai atu lava ae toe muga mai, o ai lau uō? A fai atu loa ona e alu 'ese loa lea ae ou te le'i alu atu e fasi oe.

Sega:
Se sau e fasi, e! e faapea ou te fefe ia te oe, e le taitai lava ona ou kea atu i ni au fasi. E leai foi sau feau e te su'esu'e ai fua la'u uō.
E a! e i ai la sau pe'u pei o a'u?

Faamatalaupu:
E lele atu le iao ae ua muamua mamao atu le sega i le 'au'auli, e taunuu atu le iao ae toe lele mai le sega i le nonu. Na ona taunu'u atu lava o le iao ma toe lele mai lava ma valaau mai i le sega.

Iao:
E! tainoino, tainoino e, e fai atu lava ae o lea foi ua toe sau i lo'u nonu.

Faamatalaupu:
Na toe taunuu mai loa le iao i le nonu toe fai loa le tuli ga si'a ma le sega.
O le faatolu o le oso atu a le iao ae lele ese loa le sega ma le nonu ma toe aga'i atu i le auauli ae toe tuli tatao atu lava e le iao, ma e taunuu atu foi le iao ae ua toe lele mai foi le sega i le nonu.

Iao:
Matuai e tautalaititi tele si ou tamai mosimosi, vaai e tasi lava la'u feula ia te oe e lelea, e! 'aua e te fia ini ta fia mai ia te a'u.

Sega:
Ou te laititi ae ou te aulelei mamao ia te oe, vaai i lou ulu ua ve'uve'u'a, ailoga e te taele?.

Iao:
E ala ona ve'uve'u'a ona ou te alu atu i le mea sa tuu ai la'u shampoo, ua uu ai vae poua o le isi loomiti. Ua leai foi ma sa'u mea vali pu isu sa faatau mai i le fale o le Korea o Kim.

Sega:

O a'u la e le tau valivalia ni o'u pu isu, e le tau sham pupu ina 'ou fulufulu. Ma o'oe la lena e taulia ai oloa a Korea ma Saina ae pepē faleoloa a Samoa.

Iao:

E ala lava, ona ou alu i faleoloa o Korea ma Saina, e taugofie ma e mata 'ata'ata teine kesia, tiga lava le lē fia 'ata ae moiini lava mata ma fai mai, 'fafitai malu finau'. Ae o kesia i faleoloa o Samoa, e mau lelei ai lava le pine tautau 'ofo i le tāutāu o laugutu.

Faamatalaupu:

E le i umi lava ae lele ane le lulu, alu loa ma le iao e tuli.

Iao:

Ia ou sau ua e leai ma lo'u laau, ae o lea o le a ou alu e tuli 'ese le lulu ma le namu hu'uhu'u mai ole togavao. Alu 'ese lulu, alu ise mea e su'e ai ni au iole, e le maua iinei meaola faapena.

Sega:

E! alu e tuli lau lulu ma e alu ai, ele tioa uū lou pa'u e pei o le namu hu'u hu'u o le lulu.

Faamatalaupu:

E alu le iao e tuli le lulu ae sau le t'iotala ma tauvala'au. O le a timu, o le a timu, o outou na e taa'alo i le malae tapolo lalafi o le a timu, o le a timu.

Sega:

Se tala mo'i lau tala alii t'iotala, ma o le a le mea ua fai ai e 'oe lea galuega o le tala'i o le a timu?

Tiotala:

Ae o ai ea o le a faia, na o le momoe lava o le vaega vaai tau i le malae vaalele ae oo mai lava afā e le iloa e le atunuu se tala. Sei'loga e faalogologo i le 2AP faatoa iloa se afā o le a sau.

Sega:

Ia malō lava alii, ia e toaga pea e fai lau galuega mo le atunuu pe afai ua momoe o tatou tagata vaai. Ae sau e sili lou savalivali loa manū e le'i sau le iao faasauā lea na alu atu e tuli le lulu ne'i tuli ai foi ma oe.

Tiotala:

Oi! Ae faapefea oe, e le tulia fo'i oe e lena alii sauā?

Sega:

Se ou te le kea i ai, leaga e vave la'u lele pe a fai a ma tuliga, ma e fiu lava e tuli a'u ou te le alu ese.

Faamatalaupu:
E te'a atu le ti'otala ma pese 'o le a timu, o le a timu', ae amata loa ona ma'ulu'ulu.
Ae te'i lava ua lele mai le pe'a ma ta'amilo milo solo, ae faalogoina loa le pese a tamaiti o pepese mai.

Aufaipese:
"Timu ma'ama'a fai malaga loa le pe'a, e su'e se laau e fua tele naunau, e muamua ona taamilomilo ae mulimuli ona tautau, upe vae tasi ae faaeto le laulau". Upe loa ma le pe'a i le nonu ma faaeto mai le laulau.

Pe'a:
Sole manaia sia nonu e tele ona fua, ua ta fiu e su'e se mea 'ai talu le afā.

Sega:
O fea e sau ai lena Malaga alii pe'a?

Pe'a:
Oi talofa alii sega. Se na ou sau lava ou te su'e mea 'ai, ua matuā leai lava ni fua o laau ua to'ulu uma i le afa o Heta, masalo na'o nonu lea o loo i ai ni fua.

Sega:
Talofa alii pe'a, e te sau nei ae o lo'o faatali atu le alii sauā lea o iao o loo alu atu e tuli le lulu lea na lele mai nei, tou te lei fetaui?

Pe'a:
Oi! e sa'o la la'u faalogo i le tagi a le iao lea na tagi atu o fai si 'au moe, ae na ou faalogo loa i le alaga a le tiotala o le a timu ou sau loa.
Ua e silafia foi a faatimu timu loa o le taimi lena e lelei mo matou e alu ai le pe'a e su'e ni la'au fua tetele, ia ua nao le nonu lea ua ou tau mai o iai ni fua, ae o lena o loo i ai le lua 'ese'esega ma le iao.

Sega:
Ioe, ou te alofa atu i lau asamoga, ae ana faapea lava nao 'au, se manū ua fai mai lau lakapi i lena itu o le nonu, ae a 'au le isi itu.

Pe'a:
E sili la ona ou toe alu e su'e se isi laau o fua atonu e leai se misa o fai ai.

Faamatalaupu:
E le'i umi ona apatā ese atu apa'au o le pe'a ae fotua'i mai loa le iao ma o le upu muamua lava a le iao.

Iao:
Huu! Huu! Se e pei lava e pepe'a le mea? Na e fai mai foi ete mama ma ete taele, ae matua'i e pepe'a tele. Oi! ete le'i alu 'ese lava, na ou fai atu foi ia ou sau ua e leai.

Sega:
E a! o maua mai la sau mata 'omo mai le lulu? Ua maloā lava lou faasauā i manu o le laufanua, e faapea ea 'oe na o 'oe le vao?

Iao:
Oi! Oi o le a fai mai foi au tala na ia galo ai ia te au le ta misa, ua uma ona ou fai atu ia te oe ete alu 'ese ma lo'u nonu.

Sega:
E le o sou nonu, e le o sou nonu, e leai, e le o sou nonu, o fea na aumai ai lau nonu, se nonu na toto e sou tama poo sou toalua?

Faamatalaupu:
E fai lava tala a le sega ma faatatū vae ma lūlū le tino i le faali'i.

Iao:
Ao le gutu ea la o le mea ola, ISA! e fai atu oso mai, fai atu oso mai.

Iao:
Faatali mai oe, o lea ta'u nei lou 'iuga.

Faamatalaupu:
E lele atu le iao ae ua muamua atu foi le sega, na ona tau o'o atu lava o le iao i fulufulu si'usi'u o le sega, ma tau ū atu ae tofu i lalo le sega, ma toe foi mai lava i le nonu, ae o le iao ua toe'iti'iti lava fetaui ma le lala o le 'au'auli.

Sega:
Ua la i'a, ou te le'i fai atu fo'i e le tutusa a ta lele, ia o lena toe'iti'iti lou isu a susu i le lala o le la'au. Ua uma ona ou fai atu e tu'u lou fia malosi.

Faamatalaupu:
Ona fai ai lava lea o tuliga a le iao ma le sega pe tai foi faatolu i la'au lava nei o le nonu male 'au'auli. E tiga ona tele o la'au e lata ane ae le mafai lava ona sola i ai le sega, ona e finau lava ia, o le nonu o le la'au e masni ona tafao ai.
O le tau ga malosi o le misa a sega ma le iao ae te'i loa ua tu mai le fuia.

Fuia:
O le a lava le mea lua te pisapisao ai, se ua maloā lava le lua tau ai misa ao loo tilotilo mai le isi anoano o manu 'ese'ese lea ua tumu ai le lau'ele'ele.

Iao:
O ai e kea i na manu, ma o ai na fai atu ete sau ma tuu mai fua lou fogifogi o lea e tau faasa'o atu le tautalaititi tele o lenei mosimosi.

Sega:
Oti! Oti la'ia si alii fia malosi, ae o le ulu ea la e ve'uve'ua ma le u'ū o le pa'u ailoga na taele i le vaiaso atoa.

Fuia:
Matua'i e faatamatama tele lava iao, vaai lava i si nei 'alu'alu toto ae soona fai lava iai au faiga.

Sega:
Se e sa'o lelei a 'oe alii fuia, e iloga lava le sau o le tagata matuatua, e logo lelei ana upu. E le tioa upu a toeaiina: Se e logo i tino o savili lelei.

Sega:
Ua la alii iao fia sauā, e a lena upu ailoga e te iloaina se alagaupu faapena?

Iao:
Ia vaai lava la 'ia i lou fia poto ma lou tautalaititi. E le ose savili lelei, ae o le matagi lelei. O le sao o le alagaupu: 'Se ua logo i tino o matagi lelei'.

Sega:
E! o le aitu lava le mo'omū, o le savili lava le matagi.

Fuia:
Ia ua lava lena finauga. Faalogo mai oulua ae maise lava oe iao.

Sega:
Hi! Hi! Hi! Ua mā la si alii fia malosi.

Fuia:
Vaai oulua, ona o tatou e tuaoi o tatou fale, ua matagā lava le lua finau faapenei, ae o loo matamata mai isi manu 'ese nei ua ile lau'ele'ele. O tatou nei o manu o le laueleele, o tatou o tagata nuu moni o Samoa. E tatau lava ona tatou galulue faatasi ma felagolagoma'i. Se ua ta le iloa poo fea e o mai ai nei manu ua tumu ai le atunu'u. E le iloa poo ni manu faatupu faalavelave. Ole mea lea tuu le lua misa, ae faalogo mai.

Faamatalaupu:
E lei umi ae sau loa le fuifui manu, o le vaega falafuā lenei ua taatele i le laufanua o le atunu'u.

Fuia:
Ua lua taga'i la i ai e le iloa poo le vaega lava lea o loo aumaia nei maluana ma fualaau faasaina, ae le gata i lea o faama'i pipisi. O a ea fo'i faama'i?

Sega:
Oi e le o le aids, ma le tigi ma le faapouliuli ma le tagovale i mea a isi?

Iao:
E sa'o alii fuia, e le iloa po'o nisi o ni tagata ose vaega a Sadam, poo le vaega a Osama?.

Faamatalaupu:
E lei uma atu le tala a Iao ae toe sau foi le isi fuifui manu, ma le malomaloā lava ua tau le lagona se tala a se isi.

Sega:
E le toe lelei se mea e fai, ua na ona faapea ane lava o mai le vaega lea save'u.

Iao: Ae ailoga o iai ni pepa malaga o nei manu.

Fuia:
Ia o iloa e ai le mau su'esu'ega e fai nei, pe o tofu nei manu ma ni pepa malaga, auā o tala sala tua se fai mai ua faatau foi pepa malaga ma pemita latou.

Iao:
Se e sa'o alii e oo fo'i i pisinisi mai fafao ua taumafai le malo e faafaigofie ona faaulu mai i totonu o le atunuu.

Sega:
Faafetai lava i le Senate ua latou teena le mana'o o le malo.

Fuia:
E le iloa e le malo o pisisnisi nei o loo latou faaulufale ma ia le mau tagata ese'ese i le atunuu.

Iao:
Ta'i vave fo'i ona galo le pagatia sa tatou faafeagai ona o le taiusa, ea poo le taimusa?

Sega:
Oi a faafefea ona galo le mau teine saina, sa feoa'i pei ni tama'i moa e su'e ni galuega a momole i le fia a'ai.

Iao:
Ua uma fo'i lo'u toe fia alu i le fale o Kim, tusa lava pe ū'ū ai lo'u pa'u.

Fuia:

Pau lava le mea e fo'ia ai le faafitauli lenei, o le vala'au i pe'a e o mai se'i tutuli 'ese nei manu faalafuā, e tasi lava le sosogi i le nāmu pepe'a sosola 'ese. Manatua fo'i o pe'a na faasaoa se tamaita'i Samoa i Toga.

Sega:

E sa'o lelei, ae a au lulu alii iao? e manaia fo'i le 'uū o lulu, tu'u i ai ma lou 'uū, ia ua leai la se isi e totoe o le a ō uma i Irag.

Faamatalaupu:

Ona o 'ese ai lea oi latou nei, auā ua le nofonofo ia le laufanua i manogi ese'ese, faaopoopo atu i ai ma le manogi o fale'ia, ia ua matua'i ova la le faaletonu. Ona totoe ai lava lea na o le Sega, Iao, Fuia atoa ma le anoano o pe'a, ma lulu. *Soifua.*